左遷も悪くない 4

ALPHA LIGHT

霧島まるは
Maruha Kirishima

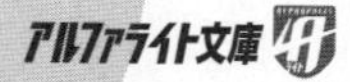

目次

主な登場人物
ヴァレーリア＝アロ 23歳
ウリセスに嫁いだ貞淑な女性。
愛称はレーア。
現在妊娠中。
ウリセス＝アロ 29歳
実直すぎてド田舎に
左遷された主人公。
眼光鋭い優秀な軍人。
フィオレ＝ブリアーニ 16歳
元気かつ粗忽な娘。
他界した両親に代わって
弟を育てることに全力を注いでいる。
コジモ＝ブリアーニ 10歳
フィオレの弟。姉とは反対に
引っ込み思案の人見知り。
ジャンナ＝アロ 17歳
ウリセスの妹。
甘ったれのわがまま娘だが
徐々に成長中。

エルメーテ＝バラッキ　23歳
ウリセスの補佐官。
要領のいい好青年だが、いささか腹黒い。
ルーベン＝コンテ　26歳
コンテ家次男。軍の小隊長。
剣の腕は見事だが、
それ以外は多くの難あり。
イレネオ＝コンテ　21歳
コンテ家三男。
体力も剣もそこそこの兵士。
兄弟で一番空気が読める。
セヴェーロ＝コンテ　20歳
コンテ家四男。
ウリセスに憧れて
軍人となったが、体力が無い。

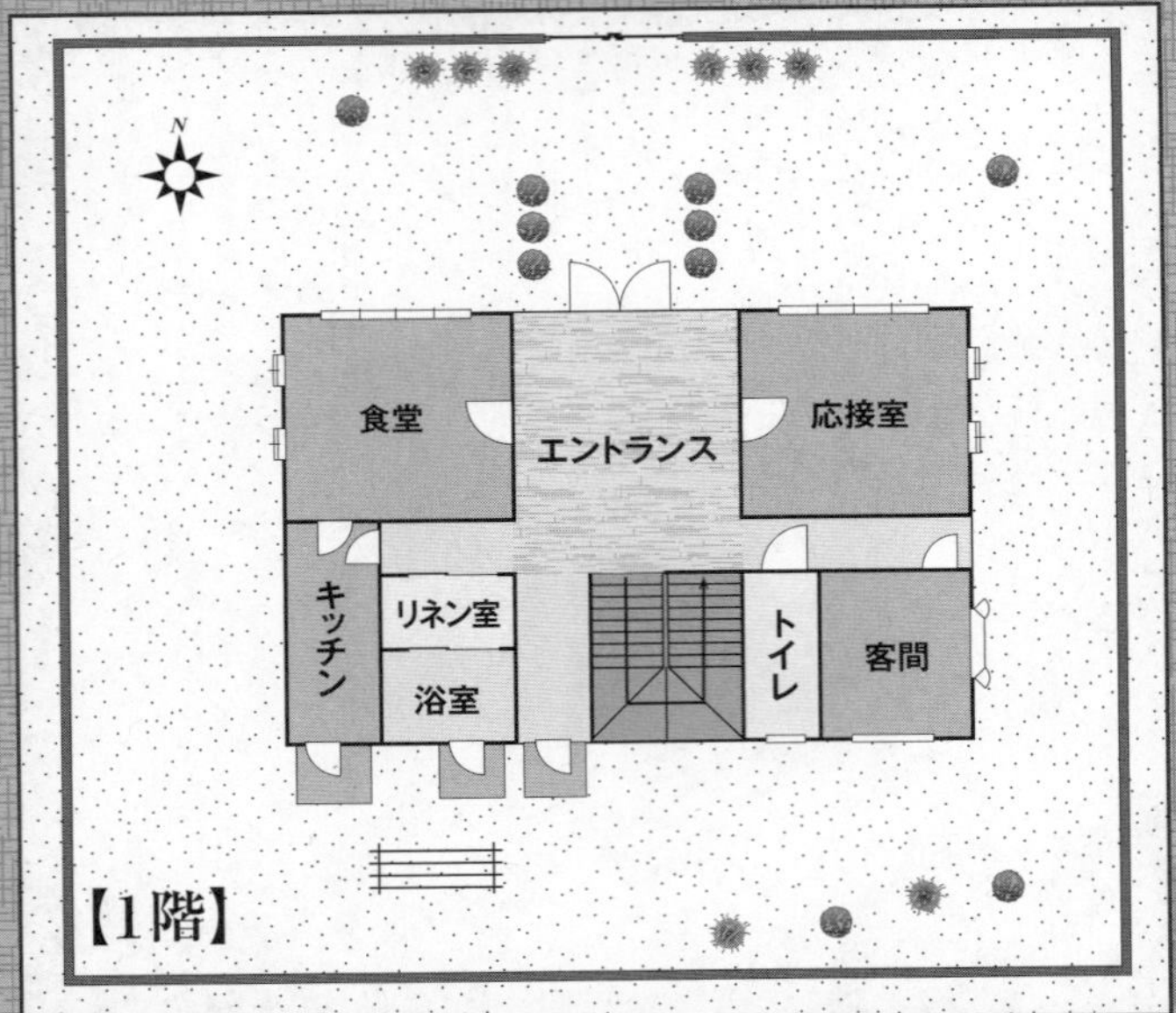

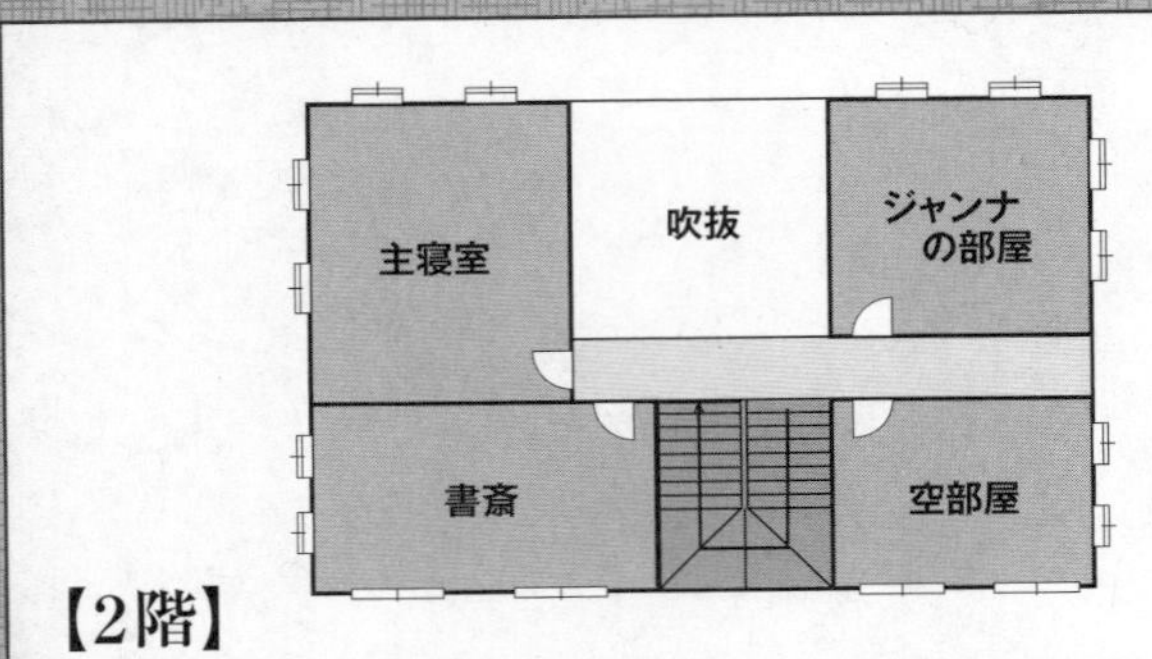

Special Thanks：早埜

本編

1　窮屈になった女

「久しぶりね、レーア」

「久しぶり、エリデ。来てくれて嬉しいわ」

　自宅を訪ねてきた女性を、レーアは笑顔で迎え入れた。

　季節は春の下月に入ったばかり。この家の主であり、この地域の軍の総司令官でもあるウリセスの妻レーアは、現在妊娠中だった。秋の上月には出産予定である。

　そんな彼女は今日、人を家に招いていた。訪問者のエリデは仕立て屋に嫁いだレーアと同じ年の友人で、夫の補佐官であるエルメーテの妹でもある。

　結婚前は、レーアが買い物などで家を出た時に、エリデの実家の近くでおしゃべりなどをしたものだったが、最近では仕立て屋に用がある時くらいしか会えていなかった。

　今日は、妊婦服の仕立てのために呼んでいた。おなかが大きくなってきて、前のように気軽にレーアが出かけられなくなったからだ。

　レーアとしては、出かけるくらいは大丈夫だと思っていた。しかし、初期の頃に具合が悪くなって起きられない時があったことが尾を引き、ウリセスが口に出さずとも心配しているのが伝わってくる。質実剛健を規範とする夫が、不慣れながらに心配する態度を見せるものだから、レーアもまた気をつけようといろいろ自重していた。

　彼女の妊娠が進んでいくと、足りないものが出てくる。服もそのひとつだった。

　最近の彼女は、おなかがすくと気分が悪くなることが多く、何かと口に食べ物を運んでいるせいもあって、人生で一番ぜい肉がついている状態と言っていいだろう。そのため、これまで着られたはずの服が半分くらい窮屈になっていた。更におなかも大きくなってきていて、このままいけば一握りの服以外着られなくなってしまいかねない。服が着られない心配など、子供の時以来したことのなかったレーアは、その状況にまだうまく対応出来ていなかった。

「かなり窮屈そうね」

　玄関で軽くレーアの姿を眺めたエリデが、楽しそうにふふふと目を細める。

「そんなに太って見える？」

　心配になって、レーアはそう友人に問いかけた。

「もともとが痩せてたのよ、レーアは。いまようやく普通ってところかしら……こんにちは、ジャンナさん」

気にしない気にしないと微笑むエリデは、後方からやってきたウリセスの妹ジャンナを見つけて笑顔を向ける。

ジャンナが都にある自宅からこの田舎まで家出してきた日のことを、まだレーアは昨日のことのように思い出せる。その縁で一緒に住むことになったが、結果的に見ればジャンナがいてくれてよかったと思うことが多くなってきた。特にレーアが妊娠してからというもの、彼女の家事の腕前はどんどん上がっている。身重のレーアには頼れないという環境が、義妹を成長させているのかもしれない。

「エリデさん、ようこそ。今日はお菓子焼いたんですよ、是非食べてってください」

そんなジャンナはとても嬉しそうに、笑みを浮かべてエリデに駆け寄っていく。新年祭のゴタゴタや、買い物の途中での寄り道などのおかげで、ジャンナとエリデはすっかり仲良しになっていた。というより、ジャンナが彼女に懐いているようにレーアの目には映った。

家の中ではウリセスの厳しい目があるのと、レーアも家事の面では甘やかさないせいもあってか、外のエリデに甘えているのだろう。十六歳という年相応の無邪気ささえ、言葉や笑みの中に垣間見えるほどだ。

「まあ嬉しい。ありがとう、ジャンナさん。でも、先にお仕事をすませてからご馳走になるわ」

　笑顔で応えるエリデは、しかしやはりバラッキ家の娘らしい言葉で、さらりとジャンナをあしらう。彼女の兄のエルメーテもまた、人のあしらいがとてもうまかった。

「昨夜、服を脱ごうとしたら脱ぎづらくて……引っかかっちゃって……」

　寝室のクローゼットの中を、レーアは友人に開けて見せた。目ざとくエリデに見つけられたブラウスは、肩のところがほつれてしまっている。

　その事件が起きたのは、昨夜のことだった。いつものように夫のウリセスと離れて着替えをしている時。着る時までは何ともなかったブラウスが、その日の間に太ったと言わんばかりに窮屈になっていた。苦労して袖を抜こうとした彼女だったが、ビリッという悲しい悲鳴を聞く羽目となる。

　それを聞いたのが自分ひとりであれば、少し悲しいだけですんだだろう。しかし、同じ空間にはウリセスがいた。音が響いた次の瞬間、レーアは青くなりながら、おそるおそる肩のほつれを見た後、そのまま視線を肩越しに後方に動かす。案の定、ウリセスがこっちを向いて動きを止めていた。

　おそらくその時、レーアはとても情けない顔をしていたに違いない。服が破れるほど肉がついてしまったことを、こんな形で夫に知られたのだ。恥ずかしくて、どこかに隠れたい気持ちでいっぱいだった。

「あ、あの、その、こ、これは……」

「明日には確か、エルメーテの妹が来るんだろう？」

とにかく言い訳をしようと、絡まる言葉をそのままにレーアは口を開いたが、それよりも冷静なウリセスの声が近い未来の話を口にした。

「は、はい、ええ、明日には」

「少し多めに服を作ってもらうといい」

それは、ウリセスなりの優しさだったのだろう。だが、恥ずかしさの糸に絡まったままのレーアからすれば、「どの服もその体形では着るのが大変だろう」と言われたかのように感じて、更に恥ずかしくなった。

そのままウリセスは着替えの続きに入ったが、レーアが赤く情けない顔のまま動けないでいるのに気づいたようで、もう一度振り返る。

「……手伝うか？」

彼女が動けない理由が、一人で服が脱げないからと勘違いしたらしい一言に、慌ててレーアが「大丈夫です」と脱ぐのを続行しようとした時。

もう一度肩の辺りで、ビリッとひどい悲鳴があがったのだった。


「エリデ……顔真っ赤よ」

レーアは口元を手で押さえ、肩を震わせながら笑いをこらえている目の前の友人に声をかけた。いっそ声をあげて笑われた方が、救われたかもしれないと思いながら。

エリデは、とても聞き上手だ。自然に話題を広げながら、うまくレーアの口から昨夜起きた真実を引き出した。そのせいで、いまエリデは酸欠に近い状態になりかけている。

「ごめ……ごめんなさい、レーア……」

息も絶え絶えに、ようやくエリデは口の覆いをはずして、苦しげに声をあげた。

「レーアの旦那さまって、もっとガチガチの軍人さんかと思っていたから……ジャンナさんの話からじゃ想像がつかなくて」

ああ苦しいと、エリデは笑いを何度かの深呼吸で抑えつつ、滑らかな言葉を綴る。確かにジャンナの目から見れば、兄であるウリセスは厳しい人と映るだろう。

そうレーアは思いかけて、はたと思考の壁にぶつかった。そういえば自分はウリセスに厳しい言葉をもらった記憶がないような気がする、と。

結婚した当初こそ、軍の伝達事項のような会話もあったが、それを越えた頃には、ウリセスはレーアの言葉にちゃんと耳を傾けていた。それが、取るに足らないような話であったとしても、だ。夫という立場から、自分と誠実に向き合ってくれているのだと分かると、少し恥ずかしい。

そんな、少しうっとりするようなことをレーアが考えかけた時、喉元にせり上がるような気持ちの悪さを感じた。どうやらおなかがすいてしまったようだ。

いまのレーアにとっては、妊婦服の話を進めるより先に、ジャンナに頼んでおやつの仕度をしてもらった方が良さそうだった。

2　聖人の名を知った男

「おかえりなさい、ウリセス」

ゆっくりと台所につながる廊下から現れた妻のレーアを見て、仕事を終えて帰宅したウリセスは毎日覚える安堵の感情の他に、少しの違和感を覚えた。朝見た時より、また少しふっくらしている気がしたのだ。

最近、「食べていないと気分が悪くて」と言う彼女の身体は、確かにいままでにないほど肉づきがよくなっている。それでようやく人並みくらいなのだが、これまでのレーアしか知らないウリセスにしてみれば、その光景はとても新鮮だった。

柔らかそうな頬(ほお)。そして、丸みを帯(お)びた身体の線を覆うブラウスは、いつもより一回り大きいものに見えた。

ウリセスの視線が、どこに注がれていたのか分かったのだろう。

「あ、えっと、今日エリデが来たんですが、すぐ着られそうなものをいくつか見繕(みつくろ)って夕方にまた持ってきてくれたんです」

少し大きな袖口を恥ずかしそうに引っ張りながら、妻は今日起きたことを話した。仕事とは言え気配(きくば)りが行き届いているところは、さすがあの補佐官の妹だとウリセスは感心してしまう。

逆に言えば、レーアはそれほど着る服に困っていた、というわけだ。それに最初に気づいたのは、夕食を食べに来たエルメーテだった。自分の妻の体形をよく観察していたのかと思うと微妙(びみょう)に嫌な気分になるものの、見立てはかなり正しかったようだ。

日に日に、彼女の腹の中で育つ子供の存在を、ウリセスはこんな形で実感する。体形が変化するほど、もっと食べろもっと食べろと強要している我が子の力強さがひしひしと感じられた。

この貪欲な我が子が、秋になれば生まれるという。

それに必要な準備のひとつを、今日ウリセスは補佐官から聞かされたのだった。

「男の子だと思います？　女の子だと思います？」

昼休みの軍の食堂。珍しくエルメーテと一緒に昼食をとっている時、そう問いかけられた。少し遅い時間のおかげで、利用者もまばらだ。

そんな食堂の奥。厨房で黄銅の食器がまとめて落ちる派手な音がした。そそっかしい調理人の誰かがしくじったのだろう。そちらを見ることはなかったが、ウリセスは意識のどこかで「ここの食器が陶磁器でなくて良かったな」と考えていた。

言葉では「どっちでもいい」と答える。これは答えを考える必要のないことだった。最初から、ウリセスの答えは決まっていたからだ。ただし、この言葉には――「母子ともに健康であれば」という続きがあったが。

「そんなことは分かってます」

エルメーテは、ちらりと厨房の方を見て苦笑い。そして視線を再びウリセスへと戻す。

「こういうことは、考えるのが楽しいものじゃありませんか？　名前だって連隊長閣下が考えるんでしょうから」

そう告げられた時、スプーンを持つウリセスの大きな手が止まった。いま、何かとても重要なことを言われた気がしたのだ。

名前。

それは、一人の人間と一生を伴にする大事なもの。アロ家で言えば、兄ランベルトの名は祖父が、ウリセスの名は父が、そして妹のジャンナの名は母と兄がつけた。

「連隊長閣下？」と呼びかけられ、ウリセスははっと我に返り食事を続けた。黄銅の皿には、硬い黒パン、豆と野菜を煮た物（の中に気持ちばかりの肉の欠片）と、茹でた芋が載っている。量だけはあるが、楽しむ食事というのではなく、あくまで腹を膨らますだけの食事だ。

そんな簡素な食べ物を口に運びながら、名前を考えなければならない事実を吟味する。ウリセスに出来ることと言えば、頭の中で知っている名前を巡らせるくらいだ。

しかし、彼の知っている人の名は、ほとんどが男のものだ。そして、その大部分が部下の名である。自分の部下の名をつけるのはどうかと除外すると、途端に選択肢が狭まってしまう。それ以前に、女の子が生まれたらどうするのか。自分の知識では女の子の名がつけられるとは思えなかった。

「まさか、名前をまったく考えてらっしゃいませんでした？」

向かいの席から図星（ずぼし）を指してくる補佐官に、しかしウリセスは慌てはしなかった。

「女の名前は、俺は分からん。妻と相談すればいい」と、端的（たんてき）に答えた。何も全部ウリセスが自分でやる必要はない。家には彼の妻がいる。二人の子なのだから、彼女が名前をつけたとしても何の問題もなかった。

「あ、閣下の奥様が、最初に挙げる男の子の名前、僕、分かるかもしれません」

しかし、そんなウリセスの穏やかな受け流しも気にせず、エルメーテは奇妙なことを言ったのだった。

「名前……ですか？　安直（あんちょく）だと言われるかもしれませんが、男の子の名前で浮かぶのは、どうしても『マッシモ』です」

ウリセスが寝室で子の名前について妻に相談した時、最初に出てきたものは見事にエルメーテに当てられてしまった。

「誰の名だ？」

一体何故（なぜ）その名が出てきたか、食事を終えて仕事に戻ったためエルメーテから聞くことは出来なかった。だから、いまこうしてウリセスは着替えをしながら妻に聞くことにした。

「空の神を最初に信仰した方の名です。聖人として、神殿に奉（たてまつ）られてらっしゃいますよ」

レーアは今日は着替えに苦労していないようだ。少し大きなブラウスを脱ぎながら、楽しそうにウリセスの問いに答える。なるほど宗教関係の話であれば、ウリセスが知らないことも納得出来た。

しかし、何故そこでその名が出てくるのかという答えには、いま一歩届いていない。何か重要な情報がぽっかり抜けていた。

「マッシモの物語、ご存知ありません？」

返答なしのウリセスに、レーアが振り返りながら首を傾げてみせる。「ああ」と信心深くない彼は、頷くしかなかった。

「マッシモは絵描きの少年で、多くの美しい絵を描くことが出来たのですが、ある日空の絵を描こうとして悩むんです。描いている内に、どんどん色が変わってしまうのですから」

慌てて寝巻きを着込んだ彼女は、そこから物語を語り始める。

「マッシモは悩みすぎて、三日三晩寝ずに空を見上げて絵を描き続けました。けれど、そんな息子を心配した彼の父が、マッシモの絵を全て破ってしまうんです」

子供向けの説教で語られていたのだろう。分かりやすい言葉でレーアが話しながら寝台へと近づいてくる。ウリセスもまた、反対側から近づいた。

「そうしたら不思議なことに、父親の破った数多くの空の絵の破片が交じり合って、信じられない色をマッシモに見せました。それこそが、空の神そのものでした。『よくぞ私を見つけた、少年よ』と、その色の中から空の神が語りかけます。『何か欲しいものはあるか』と問われたマッシモが、『この美しい色を描き続けられるのならば、他に何もいりません』と答えると、神はマッシモを気に入り、彼にだけ自分の色を描かせたのでした」

めでたしめでたし、とでも言いたげな満足気な表情で、レーアが寝台へと手をついてウリセスを見上げる。おそらくウリセスは、怪訝な顔をしていただろう。あっ、とレーアはようやく本題に気づいたようで、恥ずかしそうにこう告げた。

「あの……その、マッシモの絵を破った父の名が、ウリセスなんです」

そこまで来て、ようやく彼は納得した。レーアにとって「ウリセス」という名は夫の名であり、聖人マッシモの父の名として記憶されていたのだろう。

「でも、絵を破ったのは、マッシモの身体を心配したからで、決してひどいことをしようとしたわけでは……」

レーアが慌てたように、突然マッシモの父を擁護し始める。物語の悪役ではないことだけはウリセスに分かって欲しいようだ。

「分かった、大丈夫だ」

いくら側に寝台があるとは言え、あまり慌てると不測の事態が起きる可能性があるため、ウリセスは妻を落ち着かせることに重点を置いた。

そして、父親が自分につけたウリセスという名について考えた――詳しく考えるまでもなく、聖人の父の名としてつけたのではないことだけは理解出来た。

自分の名の由来について聞いたことはなかったため、どこから出てきたものかウリセスには分からない。家にとって重要度の低い次男だったため、祖父が父につけさせたとだけ聞いていた。

「ところで……」

レーアを早く寝台に上げて横にさせようと、ウリセスは手で彼女を促した。はっと気づいてようやく掛布の中にもぐり込んだ妻を見てほっとしながら、ウリセスはふと素朴(そぼく)な疑問を口にした。

「ところで……女だったら名前は何がいいんだ？」

そんなレーアの横に肘(ひじ)をついて同じように掛布に半分身体を入れた後、改めて横たわる妻を見た時、彼女はぱちくりと大きくひとつまばたきをしていた。

「考えて、ま、せんでした……子供の名前はウリセスが考えてくれると思っていたので、さっきまで全然考えてなかったんです」

いま思い浮かべようとして出来なかった自分に少しびっくりしたような顔で、レーアはウリセスを見上げている。

「女の名前は、俺は分からん」と、妻の期待に応えられないことを渋い表情でウリセスは伝えることとなる。

その後。

燭台の火を消した後の寝台の上で、レーアがゆっくりと女性の名をひとつずつ挙げてウリセスに感想を聞こうとしたが、さすがに子供の名前に「何でもいい」とは言えなかったウリセスは、全ての名に対し「いいんじゃないか」で答えてしまった。

レーアはそれにくすくすと笑ったが、その声の後半が薄く掠れて消えた。睡魔に負けて眠りに落ちたのだろう。

お腹の子が、困ったウリセスを助けてくれたようだった。

3　青ざめた女

数日後、ウリセスはレーアの末の弟であるセヴェーロを連れて帰宅した。いつも通りゆっくりと迎えに出たレーアは弟を見て、「まあ」と嬉しさに頬を緩めた。

「お邪魔します、姉さ……本当だ、姉さんが痩せてない」

近づいてくる彼女にセヴェーロも笑顔で応えた後、心底不思議なものを見た声で後半の言葉を続ける。

「本当って……誰から聞いたの？」

弟にじっと見られているのが恥ずかしくて、レーアは赤くなりながらも夫をちらりと見た。「あー、うん、それは……」と、セヴェーロもまた誰から聞いたか言いにくそうに言葉を濁しながら、ウリセスの方を見る。

「……そういうところはそっくりだな」

そんな姉弟の視線に、ウリセスは苦い笑みを浮かべたのだった。

夕食はいつもより一人多い四人。といっても、エルメーテが交じることもあるので、一人多いもてなしにジャンナはすっかり慣れたようで、てきぱきと準備をこなす。身重になってからは本当に彼女の存在が心強く、レーアは義妹の成長を頼もしく思っていた。

「今日はどうしたの？　何かあったの？」

食事が始まってもなかなかセヴェーロが話を切り出さないのは、珍しいことではない。

コンテ家の兄弟の中では一番引っ込み思案な末弟は、うまく会話を切り出せない時がある。レーアも少し待ったのだが、我慢しきれずに自分から話を振った。

「あ、そんなんじゃないんだけど……いや、そうかな、ええと……父さんが……」

言葉に戸惑いながら、ようやくセヴェーロがそこまで言った。そこまでくれば、レーアも弟が困っている理由がはっきり分かる。

レーア達の父と言えば、大のウリセスびいきで家庭内では有名だ。その父は、息子の中で一番言うことをきかせやすいセヴェーロに、よく物を頼む。頼む、という言葉が適当かどうかは、レーアにも分かりかねるところがあったが。

「その、姉さん。まだ揺りかごとか……どこかに頼んでないよ、ね？」

「へぇ、コンテのおじさまは、赤ん坊の揺りかごを自分で買うか作るかしたいのね？」

セヴェーロのまどろっこしい言い方に、最初に待ちきれなくなったのは彼の隣のジャンナだった。

「あ、うん、父さんの友達に家具職人がいるから、一番いいのを頼むって」

ジャンナのまとめは助けになったのだろう。コンテ家の末弟は、ようやくするするっと言葉を出すことが出来た。使命を果たせたおかげか、セヴェーロはほぉっと息を吐き出している。スプーンを持った手は、その間ずっと止まったままだったが。

「まだ、どこにも、頼んでは、いないけど……」

レーアは、一言ごとにウリセスの表情を確認しながら言葉を紡いだ。ウリセスが、大丈夫だと頷いてそれに応えた。

「よかった。もうさ、毎日毎日大変で……母さんがもう少ししてからと言ってるのに、やれあれがいるんじゃないか、これはどうかとか……名前まで勝手に考え始めてて……しかも、男の子の名前ばっかりだよ」

父からの大きな任務を果たしたセヴェーロは、心底安堵した後、コンテ家の内情をゆっくり語り出した。弟が語る光景を、レーアは簡単に想像が出来た。そして一番最後の締めの言葉で、少しばかり青ざめた。父親が、尊敬してやまないウリセスの「息子」を願っているのが、手に取るように理解出来たからだ。

どちらが生まれるかは、神様が決めることだとレーアは思っていた。それにウリセスも、どちらがいいと言葉にするようなことはなかったので、すっかり彼女は安心しきっていた。だが、伏兵は実家にいた。しかも、実家の中で一番恐ろしい兵、いや将軍だった。

「名前か……」

しかしウリセスは、コンテ家の父の思惑を的確に理解していなかった。先日話題に上がった、その点にだけ反応している。

「そうか、もし男の子だったら義父上に名前を決めてもらうのもいいかもしれないな」

ウリセスなりの素直な思考だったのだろう。そんなに熱心に名前を考えてくれているのであれば、と。それに冷や汗をかいたのは、何もレーアだけではなかった。セヴェーロが慌てたように首を横に振った。

「や、やめた方がいいです。いえ……男の子が生まれた後に頼むという形ならいいと思いますが、いまからそんなことを父に言ったら、子供が生まれるまでうちの家はもっとひどいことになります。あと……もし女の子だったら、気落ちしすぎてうちも、あと姉さんも……その、大変になりますので」

一生懸命、コンテ家の末弟は言葉を尽くした。レーアの心を見事に代弁してくれたと言っていいだろう。焦りながら、彼女もまたこくこくと頷いた。

「そう、なのか？」

自分がマズイことを言った事実を、まだしっかりと把握出来ていない表情で、ウリセスは隣のレーアへと視線を向ける。彼女は困った顔のまま、「はあまあ」と曖昧に答えるしか出来なかった。

「いるわよねぇ、最初に男の子が生まれなければ、お嫁さんを出来損ないみたいに言うお舅さんやお姑さん。あ、レーア義姉さんのとこは実のお父さんだけど、同じようなものよね」

　そんな空間に、ジャンナが妙に訳知り顔で言葉を挟んでくる。うら若い彼女が一体どこからそんな噂を耳に入れてくるのか、レーアはとても不思議だった。

　ジャンナは、持ち上げたフォークの先に刺さっている自分の切った人参のソテーの切り口を、「いい出来」と満足げに眺めているのでレーアの視線には気づいていない。しかし、嫌いな人参を食べる気にはならなかったのか、ジャンナはフォークを皿へと下ろして、兄であるウリセスに顔を向けた。

「母さんが言ってたわよ。一番上の兄さんが生まれた時に、死ぬほどホッとしたって。でもウリセス兄さんが生まれる時は、『今度は女の子をお願いします』と祈ったんだって……がっかりしたみたいよ、母さん」

　最後の方は意地悪な目で、ジャンナはウリセスの表情を窺う（うかが）ように顔を傾ける。どうしてこう彼女は、ウリセスの機嫌を損ねようと努力するのか、レーアには理解が出来なかった。自分が生まれて母親はがっかりしたなんて聞かされたら、誰だっていい気はしないだろう。心配になってウリセスを見るが、怒っている様子はなかった。

「そんな話は……母は俺にはしなかったな」

　ただ静かに食事を続けるウリセスは、人参のソテーをそのまま口に運んだ。

「母さんと仲良く出来るのは、娘の特権よ」

フフンと自慢げに鼻を鳴らして、ジャンナは上機嫌で食事を続けることにしたようだ。

人参は、やはり後回しだったが。

「男でも女でも、どちらでもいいが……生まれた後の生き方は随分違うものだな」

ウリセスは、少し不思議そうに食堂にいる家族へと視線を馳せた。

男が二人と女が二人。軍人が二人と家事をする者が二人。既婚者が二人と独身者が二人。

立場はそれぞれ違えども、みな違う人生を歩いていることを、ウリセスは噛み締めているのかもしれない。

「女の子が生まれたら、私が可愛く着飾らせてあげるわ」

「お前のようには育てん」

「あら、まるで私を育てたみたいに言うのね、ウリセス兄さん。そうだったかしらぁ？」

ジャンナが楽しそうに口を挟んできたことにだけは同意出来なかったようで、ウリセスは即座に否定した。それをさらにジャンナが煽っていく。

瞬間——お馴染みの睨み合うアロ家の兄妹の図が出来上がり、コンテ家の姉弟は、困ったように笑うしか出来なかったのだった。

4　見せられない顔をした男

「……どちらでも、ああ……いい」

　夕食の後の寝室。着替えを済ませたレーアを、ウリセスは寝台に座らせた。そんな彼女の横に腰を下ろしながら、ウリセスはうまく言葉を組み立てられないままそう切り出した。

「え？」

　何の話なのか分からないレーアが見上げてくるのを感じながら、彼はどうにも落ち着かずに大きな手で自分の首をさすった。

「いや、義父上の話を聞いてから……気にしていただろう？　その、子供の性別のことだ」

　つい先日まで、母子ともに無事であればそれでいいと考えていたウリセスだったが、思いのほか、子供にまつわることが色々と目の前に立ちはだかって、彼も少し困惑している。考えるべきこと、準備すべきことが、実はいろいろあるのではないか、と。

　初めての子であるため、レーアの服といい揺りかごのことといい、準備が後手後手に回っている気がした。これは後日、しっかりと態勢を整えようとウリセスは考えた。物資がなければ、軍隊もただの無力で腹を減らすだけの人間の集まりにすぎない。ウリセスは、妻の出産にもそんな思考を当てはめて考えようとしていた。

　しかし、それ以上に大事なこともある。たとえ物資がどれほど揃ったとしても、人の心身がしっかりしていなければ、目的の達成は危うい。だからこそ、ウリセスはこうして妻を寝台に座らせて、得意ではない話をしているのだ。

「あ……その、父のことは……はい、そうですね。何となく分かってはいたのですが、やっぱり実際に聞くと緊張します」

　視線はウリセスに向けながらも、おそらく無意識なのだろう。腰掛けると膨らんでいるのがよく分かるお腹を、レーアの指が撫でる。

「義父上がたとえ男を望んでいたとしても……娘が身体を損なうことだけは決して望んではいない。大事にしてくれ」

　父親の気持ちというものは、まだウリセスの中にしっかりと芽生えているわけではない。だが、家族としての気持ちは確かに生まれている。義父の気持ちを代弁出来るとしたら、その部分だった。

「はい……それは分かっています」

　レーアはちょっと困った風に笑いはしたが、彼の言葉を否定することはなかった。親子としてコンテ家の中で一緒に暮らしてきた彼女のその反応に、ウリセスもほっとする。

　彼は、夕食の席でジャンナに聞いた母の話を思い出し、ふと都の実家の両親に思いを馳せた。強い権力を持っていたアロ家の祖父の下（もと）、母はどれほど苦労をして兄のランベルトを産んだことだろうか、と。

「人が一人生まれるということは……大変なことだな」

　ただ家族の人数が一人増えるだけではないと、まだ生まれてもいないというのにウリセスは痛感し始めていた。子供がいる家では、みなこんな体験をしてきているのだろう。

　それは、アロ家でも同じだった。

　父は母を、ちゃんと助けたのだろうかと、これまで考えもしなかったようなことをウリセスはふと思った。

　ウリセスの父は、おそらく家庭内では一番立派な身体を持ち、そして静かな男だった。

ただ、「アレは商売には向いとらん」というのが祖父の言である。

　これには事情がある。ウリセスの父は、本当は次男だった。だから祖父は父を軍人にすべく鍛（きた）え育てていた。しかし長男に不幸が訪れたことで祖父の計画は変更を余儀（よぎ）なくされ、父を急遽（きゅうきょ）跡継ぎとすべく商人道を叩き込み始めた。

軍人へと伸びていた大きな木の成長点を突然切られ、別の脇芽から商人の道への枝を伸ばし始めた父は、しかし土台である軍人気質の根を変えることまでは出来なかったようだ。商売は早い段階でウリセスの兄ランベルトに譲り、主に力仕事を手伝う道を選択した。

そんな男であるため、父が見るからに母と仲良くしている姿をウリセスが見たことはなかった。かと言って、母に声を荒らげている姿も見たことはない。それは、二人の息子に対してもそうだった。育てる方針も躾に関しても全て祖父が握っていたせいもあるだろうが、必要なこと以外、父から話しかけられた記憶がない。

「ウリセスが、そうして私と一緒に悩んでくれるので、心が軽くなります」

コンテ家の父のプレッシャーから、完全に解き放たれたわけではないのだろうが、レーアが優しげな笑みを浮かべる。

妻が笑っているのはいいものだと、ウリセスは思った。

「うちは、祖父が強すぎてな。母はいつも苦労していた……大変だったろう」

アロ家の母は、息子たちだけの前では笑っていたが、祖父が来ると顔をこわばらせていた。自分が親になる時というのは、こんなに自身の親のことが頭をよぎるものなのか。なかなか考えから離れていかない親のことを、ついレーアに語ってしまった。

そうしたら、彼女はもう少し余計に笑うのだ。

「きっと都のお義父さまは、お義母さまを愛してらっしゃいますから、私と同じように助けられたと思いますよ」

笑いながら妻がそんなことを言ったので、ウリセスはつい怪訝な表情を浮かべてしまった。一度も会ったことのないレーアが、どうしてそう信じることが出来るのか、と。実の息子であるウリセスでさえ、分からないでいるというのに。

「だって」と、少し頬を赤らめて、レーアが一度言葉を切る。

そして視線を落としたまま、彼女はこう言うのだ。

「だって、ずっと年が離れたジャンナが生まれた……でしょう？　それに、あのジャンナの口から私、お義父さまの悪口は聞いたことはありません」

瞬間。

ウリセスの記憶が、突然色鮮やかに切り替わった。ウリセスの中のアロ家の記憶は、どちらかというと灰色に近い色をしていた。それが、突然極彩色に変わった時があった。妹のジャンナが生まれた時だ。

兄と母が、あんなにはしゃぐ姿を見たのは、生まれて初めてだった。既に十分大きかったからこそ見られた、新しい命の誕生の瞬間。生まれたのが女だったというだけで、アロ家に信じられない色がついた。

老(お)いぼれかけたとは言え、あの祖父を圧倒した命だった。赤子の都合に、否応(いやおう)なしに巻き込まれる家族。

　ウリセスは一度妹を抱いたことがあったが、あまりの小ささと頼りなさを無意識に恐れ、それ以来手を伸ばすことはしなかった。

　しかし、親はそういうわけにはいかない。ウリセスの記憶の中で、ジャンナを抱いていたのは母と兄のランベルトがほとんどだった。だが、確かに父もジャンナを抱いていた。あの大きな手で、当たり前のように小さな娘を胸に抱えていた。

　その時には、何も思わなかった。

「ああして自分も父に抱かれていた」のだと、考えもしなかった。

「娘って、父が母につらく当たるところを、なぜか見ているものなんです。そういうことがあると、どうしても父に対してわだかまりのようなものが出来るんですが……あのジャンナに、それはないようです。だから、きっといいお義父さまなんだって思ってました」

　そう言い終えたレーアは、「あ、その、うちのことじゃありません」と視線を泳がせながら言葉を付け足した。しかし、それは嘘(うそ)だとウリセスにも分かった。言葉にはしないが、何らかのわだかまりがレーアの中にもあるのだろう。

　しかし、妻がさっきから「あのジャンナ」と言うところの方が、ウリセスにとってはおかしく思えた。思ったことをズバズバ言う妹だからこそ、悪口が出ないのはすごいことなのだ、と。

ウリセスは、記憶の中のアロ家の母を今更ながらに心配するようなノロマだったが、そんな心配を、さっさとジャンナが塗り替えてしまっていた。ジャンナが生まれてからの母は、本当によく笑っていた。ついでに兄も。

「でも……」

自分のノロマさ加減を自嘲しかけたウリセスだったが、隣に座っていたレーアがはっと顔を上げてウリセスを見上げる。その緑の瞳の中に、面白みのない顔をしている自分が、確かにはっきり映っているのを見た。

「でも……私はウリセスが男に生まれて、良かったと思っていますからね？」

一瞬、何を言われているのか、よく分からなかった。

そして思い当たる。夕食の時、ジャンナがいつもの挑発的な軽口のように言った母の本音。

「次は女の子を」と母が願って生まれたのがウリセスだ、というところだ。

その点を、彼は何ら気にしてはいなかった。男が生まれたら次は女を、と考えるのはごく自然なことだ。ましてやアロ家では男が生まれると、祖父に全権を委ねなければならない。母の心情を考えると、そう考えるのも当然だった。

子供の頃ならまだしも、こんな大人になって聞かされても、気にすることではない。しかし、レーアは気にしていたのだろう。妙に力を入れて訴えられたため、ウリセスは思わず面食らってしまった。

そんな間抜けな表情を、ウリセスはゆっくりと緩める。

「お前も、女に生まれて……良かったと思う」

言葉は、さして力を入れず。緩めた口の流れるままに、ウリセスはそう言っていた。

そうしたら。そうしたらレーアは、嬉しげに頬を染めかけ、はっとしたように自分のおなかに両手を当てた。

「この子も」と言葉を強く言いかけて、強すぎたことに気づいたのだろう。レーアは、一度口をつぐんで言い直すことにしたようだ。

「この子も……いつか誰かにそう言ってもらえたら、きっと幸せですね」

今度の声は、とても柔らかかった。男の真価は赤子の時に決まるのではなく、女の真価もまたそうだ。

子供が成長した後、誰かにそんな形で言葉にされるものなのかもしれないと、ウリセスは生まれて初めて思った。

だから生まれてくる子供は、本当にどちらでもいい。今度は、ウリセスも赤子を抱くだろう。そしてアロ家の父のように、この手で胸に小さな身体を抱えることが当たり前だという顔をするだろう。

「そうだな」と目を細めて妻に答え、ウリセスは少し戸惑いがちに手を伸ばした。レーアがおなかに当てている手の上から、その丸みに触る。

「手が冷たくはないか？」

おなかの感触よりそっちが気になって、ウリセスは問いかけた。

「ウリセスの手が、温かいだけです」

そんな心配をレーアは軽く笑って彼の手を捕まえると、寝巻きの布地ごしにお腹にあてる。

「む」

触り慣れていないウリセスは、自分の手に力を入れないように妙に緊張してしまう。それがまた、レーアにとってはおかしかったのだろう。

「部下の方には、見せられませんね」と、笑いをこらえている。

「まったくだな」

妻の楽しげな顔を苦い顔で見つめながら、それに同意せざるを得ないウリセスだった。

5　言い訳を聞いた男

「すまんが、面倒を見てやってくれ」

数日後、ウリセス＝アロは――若い女性を連れて帰ってきた。

爆発したような大きく広がるニンジン色の髪。日に焼けて健康そうな肌に琥珀色(こはくいろ)のくりくりした目。大きい口を更に大きく開いた彼女は、レーアに向かって元気よくこう言った。

「よろしくお願いします、奥様！」


ことの起こりは、二日前に遡(さかのぼ)る。

軍では、小さな事件が起きていた。剣が一本消えたのだ。

軍の備品は、きちんと管理されている。武器専属の担当者がいて、手入れ、数の定期調査、各兵士への支給、交換、または廃棄(はいき)の手続きなどを受け持っている。

戦時ならばまだしも、そのように管理のしっかりしている平時のいま、簡単に剣がなくなるものではなかった。更に、剣の管理を担当する退役間近の老兵士は、大変几帳面(きちょうめん)な男

だった。武器の出入りのない日であっても、数の確認を毎日怠らなかったのである。

その几帳面さの結果、前日に剣が一本減ったことはすぐに明るみに出た。ただし、そのまま連隊長であるウリセスのところに報告が上がってきたわけではない。几帳面な担当者は、規定どおり直属の上司へと叱責を覚悟で報告を上げた。

担当者が不在の時に、誰かが届けを出さずに勝手に持って行ったのではないかというのがおおよその見立てだった。そこで、大隊長権限で指示が出された。各分隊長が隊員の剣の確認をして報告するように、と。

この地には、二人の大隊長がいる。一人は、管轄内の治安維持を担当する者。管轄と一口で言っても、担当する範囲はかなり広い。席も基地ではなくレミニの町の詰所にあり、一ヶ月の半分は町の外を回っている。基地内では「流浪の大隊長」と呼ばれていた。

もう一人は、退役間近な男であった。平和な地域だからこそ、大きな武勲を立てることはなかったが、人望があったために自然と押し上げられる形で昇進し、書類にサインをすることが生きがいなのではないかと囁かれている。こちらは「不動の大隊長」と呼ばれていた。

ちなみに、「風見鶏の副連隊長」と呼ばれる男もいる。ウリセスのあだ名はいろいろあるようだが、大体どこかに「鬼」や「化物」などがつく。

ともあれ、今回はその「不動の大隊長」に回ってきた仕事だった。と言っても、中隊長からの進言に「それは困ったことだな」と頷き、すみやかに指示書を出すだけの仕事だ。ただし、一度も席を立つことなく本当にすみやかに書類を作成する手腕は、さすが「不動」と呼ばれるだけのことはあった。

同じほどすみやかに、調査が開始され、この日の昼食時には、休みではない兵士のほとんどに話が行き渡っていた。その情報を食事に出た連隊長補佐官エルメーテが、当たり前のように拾ってきたのである。

この日の食堂は、非常に騒々しかったという。大量の黄銅の食器が厨房内で芸術的な倒壊を起こし、食事の配膳（はいぜん）を待っている兵からは空腹のうめきが、食事中の兵からはひやかしの声が、倒壊した食器の数ほどに上がった。

静かな連隊長室で書類と向き合っていたウリセスは、そんなエルメーテの伝えてきた話を、剣の不足のところだけ注意して聞いた。皿のことはどうでもよかった。

そして事件は進行し、その日の午後三時頃、連隊長室に珍事（ちんじ）が発生する。

「あの、すみません、こちらにエルメーテさんって人はいますか？」

おそるおそる扉の向こう側からかけられた声は――女性のものだった。

ウリセスは書類から顔を上げて、ちらりと補佐官席を見た。一瞬考え込む仕草をしたエルメーテは、しかし思い当たることがあるのか席を立つ。

「すみません、すぐ戻ります」と一言告げ、足早に扉の向こうに消える補佐官の背中を、ウリセスは何事かと見送った。

基地に女性が入れないわけではない。兵士の家族など近しい者。物資の納入業者。わずかだが基地に勤務する者もいる。門の詰所で許可を取れば、一応部外者も入ってくることは出来る。

最初は、エルメーテの家族かとウリセスは考えた。しかし、家族の呼び方にしては彼の名に「さん」をつけて他人行儀な表現をしていた。

次に考えたのが、男女の色恋に関することである。だが、それは苦手な方向の思考であったためにすぐにやめた。自分の妹に対して好意的な感情を抱いていると思われるエルメーテが、そんな不誠実なことをするはずはないとだけ理解していれば、彼はそれでよかった。

そんなウリセスの思考をよそに、連隊長室の外では何やら揉めている。女性の声の方が大きく、「だって」や「でも」など、情けない悲しげな声が届く。

「エルメーテさんしか、頼る人がいないんです！　わたしを見捨てないでぇ！」

ついには、半泣きの大きな声が、見事に全部ウリセスの耳にまで届いた。彼は思わず固まったまま、その声が響いた扉を見つめてしまった。一体、そこで何が起きているのか、と。

しばらくの沈黙の後、連隊長室の扉が開く。

そこから、疲れた様子のエルメーテが顔の半分を押さえながら戻ってくる。ただし、後方の扉は閉ざさなかった。中に入ったエルメーテは、自分の身体を扉の脇へとどかす。

彼の陰から現れたのは——白い厨房服を着た若い女性だった。

彼女を中に入れながら、あのエルメーテが苦い表情でウリセスにこう言った。

「連隊長閣下……ご相談が」

彼女の名前は、フィオレ＝ブリアーニ。今年、軍の厨房係として雇用されたばかりだという。

「つい出来心と言いますか！　いえ、違うんです、盗んだわけじゃないんです、ただ厨房の裏に立てかけてあって、ちょっとこう触りたくなって！」

ニンジン色の髪の女性は、その大きな口を無駄に効率の悪い開き方をしながら、懸命に連隊長席に座るウリセスに訴えた。

年の頃は、十代後半。胸の前で組まれた手は、見るからに荒れていた。可愛がられることなく、ただ懸命に働いてきた手だ。女性にしては少し大きい手でもあった。

「要するに、行方不明の剣をいま現在、このフィオレ嬢が持っているんです」

要領を得ない長くなりそうな話に、エルメーテがため息をつきながら横から補足する。

彼女と剣の出合いは、今日の午前中。昼より少し前。昼食の準備が完了し、腹ペコの軍人たちが飛び込んでくるのを待つだけの、調理人たちにとっては小さな空白の時間だったという。

フィオレは、「いいか、昼前に余計なものに触って仕事を増やすなよ」と先輩方にきつく言われたため、居心地が悪くなって裏口から外に出た。そこで、何故か壁に立てかけられている剣を発見したのである。

剣を見て首を傾げたフィオレだったが、辺りに誰もいなかったため、それをつい見よう見真似で振り回して遊んだ。その内に昼休みの始まる鐘が鳴り、慌てて剣を隣の調理人控え室にある、普段使われない物入れの中に突っ込んでしまったという。

エルメーテの補足を交えながら、目の前のニンジン色の髪の女性は、懸命に自分が無罪であることを訴えようとした。

「おそらく、届けを出さずに持ち出した者が、思いのほか大事になったことに気づき、持ち出したことを隠すために人目につかない場所に置いていったんだと思われます」

何故、厨房の裏に剣があったかを、補佐官は推測して告げた。午前中の内に、ほとんどの兵が分隊長からの通達を聞いたはずだ。彼女が剣を見つけた時間を考えると辻褄は合う。

そして彼女は、昼食の配膳中に兵士が剣が一本行方不明と話すのを聞いたらしい。このままでは自分が犯人にされてしまうと思い、黄銅の皿の山を倒壊させるほど狼狽した挙句、面識のあるエルメーテに助けを求めたのが、現在の状況だった。

奇妙な話だとウリセスは思った。いくつか奇妙な点があると言った方が正しいだろう。

「何故、すぐ届けようと思わなかった？」

まずは、そこ。誰もが考える、素朴な疑問だろう。発見者が女性なのだから、その疑問はなおさらだった。

しかし、それにフィオレは妙な反応を見せた。うぐっと痛いところを突かれた表情で、落ち着きなく視線を右に左に動かし始めたのだ。まるで後ろ暗いところでもあるかのように。

そして、エルメーテの反応もどこか苦いものだった。普段であれば、知っていることを的確に口に出すはずの彼が、何とも言えない表情で口を挟むのをためらっている。

「あの……剣を、握って、みたくて」

助け舟が出ないことに加え、ウリセスの顔が怖かったからか、彼女は絞め殺されそうな苦しげな声とともに、ようやくそれを吐き出した。

「そうです、握ってみたかったんです。持ってみたかったんです。振ってみたかったんです！」

一度言ってしまったら気が楽になったのか、大体似たような言葉を何度も畳み掛けてきた。それくらい衝動が抑えきれなかったのだ、と。

「胸を張って言うことじゃないだろ」と、エルメーテがぼそっとあらぬ方向へ言葉を落とした。

女性が剣を持ってみたいという気持ちを、ウリセスはわずかも理解することは出来なかった。しかし、本人が言っているからそうなのだろう。とりあえず、良いか悪いかは置いておいて、その点は理解する。

「では何故、控え室の物入れに入れた？」

少し顔を紅潮させ、剣を握った興奮を思い出したかのように前のめりになっているフィオレに、ウリセスは静かに次の質問をした。すると、彼女の上半身は今度は後ろに少しのけぞった。顔はまた情けないものに逆戻りだ。

「それは、その……」

彼女の話は——まだまだ先がありそうだった。

6　嫉妬した女

今日のウリセスは、少し疲れた顔をして家へ帰ってきた。

レーアが玄関で出迎えた時、彼はいつものように少しほっとした表情を浮かべはしたが、その表情にいまひとつ力がないように見えた。

「どうか、されました？」

日々少しずつ重くなる自分の身体とおなかを気遣いつつ、彼女は夫の元に歩み寄って問いかける。

「いや……」と濁した言葉で答えるも、目は微妙に横へずれた。仕事のことであればそう言えば済むはずであり、レーアは違和感を覚える。とは言え、疲れて帰ってきた夫のために彼女がすべきなのは、ここで長く語らうことではなく、夕食の席へ一緒に向かうことだった。

「ふふん、ウリセス兄さん、見て見て。新料理。マカロニの香草オイル和えよ。この間、エリデさんがレーア義姉さんの妊婦服を届けに来た時、簡単でおいしい料理のレシピを書いてくれたの」

食堂に入った二人を待ち構えていたのは、わざわざ皿を手に持って自慢するジャンナだった。既にレーアは、何度となくこの自慢話を聞かされていた。

とてもおいしく出来たため、味見してからの義妹はずっとこんな調子で上機嫌だった。料理に対してほとんど反応しないウリセスにまで自慢しに来るくらいなのだから、どれほど上機嫌かは傍目にも分かりやすい。

「大事なのは塩加減なんだけど、結構融通が利くのよ。お酒を飲む人には少し多めにすると喜ばれるんですって」

レシピに書かれていたエリデのメモ書きを、鼻高々にそのまま語ってみせるジャンナを、ウリセスは黙ったままでまじまじと見つめた。視線は皿の上ではなく、間違いなくジャンナの顔に向けられている。

「な、何？　食前酒ならちゃんと用意してるわよ？」

自分の自慢にウリセスが食いついてこないことくらい、ジャンナも最初から分かっていたはずだ。しかしその予測以上に彼の反応が鈍いので、ジャンナは眉間に皺を刻んで兄を見上げた。

「ああ、いや、うまそうだな」

「心がこもってないわ、そして気持ち悪い」

我に返ったウリセスは、彼なりに妹をねぎらおうとしたが、微妙な表情のまま。対するジャンナは一度大きく肩を竦めて、ウリセスの席に皿を置いたのだった。


「ふぅ……」

夕食後、レーアに腕を貸して共に自室に戻ったウリセスは、着替える前に椅子へと腰を下ろした。今日は、いつもよりお酒を多めに口にしたせいもあるだろう。

ジャンナの新料理は、ウリセス用に濃(こ)い目の味つけがされていたらしく、彼は少し食べた後に棚に置いてあるお酒のボトルを取りに行った。そんな珍しい後ろ姿を、レーアはぽかんと、ジャンナはニヤニヤしながら見ていた。

エリデは、いまでこそ仕立て屋の妻だが、もともとは料理屋の娘だ。お酒を嗜(たしな)む店でもあるため、料理はお腹を満たすものからお酒に合うものまで、幅広(はばひろ)く身に着けているのだろう。

一方、レーアがこれまで作ってきた料理は、ほとんどが母に習った家庭的なものばかりだった。都と違い手に入らない食材も多いため、多少のアレンジを加えてはいたが、子供から大人まで問題のない味付けにしている。だから、彼女は自分の料理がお酒のつまみとして適当であるかどうかということを、考えたことはなかった。

そんなレーアだっただけに、ウリセスの反応を珍しいものに感じた。これまでの彼は、料理に対して問題なく食べられて腹が膨れればいいと思っている節があった。

疲れていたせいもあったのかもしれないし、本当にジャンナの料理の威力が大きかったのかもしれない。いずれにせよ、ウリセスは少し余計にお酒を飲んだ。

「ジャンナの料理、おいしかったですか？」

レーアは、ジャンナに嫉妬を覚えなかったわけではない。義妹が、家庭的な意味で頼もしくなっていき、いまでは新料理に挑戦出来るほどにもなった。楽しそうに買い物に出かけ、寄り道でエリデとおしゃべりをして仲良くなって帰ってくる。きっとジャンナのことだから「簡単でおいしい料理ってないかしら」と相談したに違いない。

レーアは、この町に来た時には既に一人で料理が出来るようになっていた。神殿の学校を卒業する十五の時だった。そのため、このレミニの町で彼女が学校に通うことはなく、それはすなわち女友達を作る大きな機会が失われたということでもあった。

そんな娘を不憫に思ったのか、母からは仕事先の娘である、年の同じエリデを紹介された。知らない土地で初めて出来た女友達だった。人見知りするレーアに、聞き上手の彼女はとても親切に接してくれた。

料理の腕はエリデの方が当時から上だったに違いないのに、レーアは友人にレシピを教えてなんて聞くことを考え付きもしなかった。

その初めて出来た友人に、ジャンナはとても懐いている。いいことだ。いいことなのだとレーアも頭では分かっている。

ただ、彼女は自分の居場所が小さくなっている気がした。ジャンナを鍛えるという名目で、いまのレーアはほとんど料理を作る必要がなくなってしまった。買い物にもジャンナが行く。

そして、お酒。

レーアの料理では、ウリセスはお酒を余計に飲んでくれたりしなかった。食事を問題なく出来るという最低限の線は越えているものの、食事を楽しませる努力は足りていなかったのかもしれないと、レーアは何とも言えない寂（さび）しい気持ちになる。

「ジャンナも、少しはまともな料理を作れるようになっ……レーア？」

憂鬱（ゆううつ）な思考の泥沼（どろぬま）に勝手に落ちてしまったレーアは、一体どんな顔をしていたのか。椅子の上で身をひねって振り返ったウリセスが、最後には言葉を変えてしまった。

恥ずかしさのあまり思わず両手で顔を覆って、彼女はその場にしゃがみ込もうとした。とにかく、ウリセスの視界に自分が映る範囲を減らそうとした。

しかし。膨らんできたおなかのせいで、彼女は素早く動くことが出来ない。無意味によろよろしている彼女とは比較にならないくらい素早く、ウリセスが目の前に来た。

「具合でも悪いか?」

変な表情に次いで、変な行動まで起こしてしまったのだ。ウリセスが心配しないはずがなかった。そんな夫の優しささえ、いまのレーアにとっては恥ずかしさを上積みさせるものに過ぎなかった。

「見ないでくださいまし」

何とかウリセスに背を向けることで、レーアは彼の視線から少しでも逃れようとした。情けなさのあまり、勝手に涙がにじんできてしまう。

「レーア……?」

二人しかいない空間で、相手を見るなというのは土台無理な話である。ましてや身重のレーアが、こんな風な奇妙な態度を取っているとなるとなおさらだ。

妊娠してからの彼女は、時々急に情緒不安定になることがあった。何でもないことで泣きそうになったり、ちょっとした失敗でいつもの倍くらいへこんだり。今回もそういうものだったのだろう。普段であれば頭で理解して抑えられることが、勢いあまってしまう。

「わたっ……私っ……ジャンナに、頑張ってるジャンナに……嫉妬してしまって……」

ひっくと最後にひとつ、レーアはしゃくりあげてしまった。そうするともう我慢しきれずに、ボロボロと涙がこぼれてくる。

「私のいっ……居場所っ……ここしかな……いのにっ」

背後にいる夫を、いまどれほど困らせているだろうかと思うと、また涙がこぼれてくる。仕事で疲れて帰ってきたところに、くだらないことで妻がグチャグチャ言っているのだ。身重の女性の精神事情など、男性にうまく伝わるはずがない。

こんな身体でさえなければ、もうとっくにここにいるのが耐えられなくなって、レーアは部屋から逃げ出していただろう。それさえ出来ないで、夫の視線に晒されている羞恥が、なおさら彼女を心細くさせた。

レーアの背中側で、空気が動いた。泣いて体温が高くなったレーア側の温かい空気と、普通の空気が入り混じる間を、ゆっくりと何かが裂いていく。

レーアが最初に見たのは——手だった。次に腕。彼女の身体の両側からそれがとても静かに伸びてきて、胸の下辺りに軽く回される。そのまま腕が軽く引かれると、背中に人の体温が当たった。

深いため息が、彼女の頭の後ろの方から聞こえ、その息を吐き終わった後、低い声がこう言った。

「すまん……よく分からん」

それは、何とも言えない困った声だった。しかし、彼は分からないと言いながらもレーアを抱き寄せている。背中と腕から伝わってくる、人の体温。

ウリセスは、気の利いた言葉こそ出すことはなかったものの、レーアが落ち着くまでそうしてくれたのだった。

7　襟首を掴んだ男

ウリセスの妻は、不思議なことを言った。

「ジャンナに嫉妬した」という言葉は、彼にとって本当に不可解なものだった。ウリセスの感覚からすれば、ジャンナは見た目を飾ることが好きなだけのわがままな妹だった。

最近は、家の中の仕事を覚えるという点においては、確かに昔とは見違えるほどマシになった。しかし、ウリセスに余計なことを言うのところはまったく直る気配がなく、にらみ合いに発展することもしばしばある。ウリセスの目から見て、ずっと落第点だったジャンナは、ようやく及第点に手をかけた程度にすぎない。

一方レーアは、家庭内で必要な知識を最初から身につけていた。コンテ家の躾の賜物だろう。ウリセスを軽く扱うこともなく、毎日不足なく生活が出来ている。

要するに、何の問題もないレーアが、問題だらけのジャンナに嫉妬を覚える要素はない。だからこそ、ウリセスはレーアの嫉妬の意味を理解出来なかった。

妻を落ち着かせ、涙が止まるのを待って、事情を詳しく聞こうと思ったウリセスだったが、珍しくレーアが子供のように彼の服を握って離さなかった。これまで、自分から進んで甘える素振りを見せる妻ではなかっただけに、ウリセスは子供を抱えるようにレーアを運んで寝台の端へと座らせる。

それから彼女の気が済むまで、ウリセスは静かに待った。

とつとつと話し始めたレーアの言葉は、彼からすれば大きな問題ではなかった。些細で、どうでもいいような内容だった。

だが、言いたいことは分からないではなかった。彼女は、「自分がウリセスの役に立つ人間でありたい」と願っている。いまは、身重で出来ることが制限されている。そして、ジャンナの練習のために家事に関しては無理をせずに済んでいる。それが逆に、自分の仕事がないように感じてしまったようだ。

彼女に必要なものは、充実感のある仕事なのだろう。子供が生まれるまでもうしばらく時間があるため、その間に何もしないでいることに耐えられないのか。かといって、身重で無理をされては困るというのがウリセスの本音だった。

男は出産のために行動を制限されることはない。だが、怪我や病気で動けなくなることはある。確かにそんな時は、ウリセスも自由に動き回れずにもどかしい思いをすることがあった。それが何ヶ月も続くとなると、憂鬱になってもおかしくはないだろう。

身体に負担がかからず、レーアでも出来るような仕事があれば一番いい。

そう考えかけたウリセスは、ふとあることを思いついたのだった。


「いま帰った、レーア」

翌々日。ウリセスは、赤毛の若い女性――フィオレを家へと連れ帰った。

女性と二人で歩いていると誤解を生むと思い、今日はエルメーテも同行していた。迎えに出たレーアは、その緑の瞳を大きく見開いて、ウリセスとフィオレの顔を見比べる。

「わああ、本当に赤ちゃんがいるんですね！」

ウリセスが大まかな説明を始めるより早く、フィオレはその大きな口を開いてレーアに向かって笑顔でそう言った。いまにもレーアとおなか目掛けて突進していきそうな襟首を、ウリセスは反射的に掴む。女性に対する仕打ちではなかった。

ぐえと、フィオレがカエルのような声をあげたのに気づいて手を離す。フィオレが何かを訴える目で振り返ったため、「すまん」とウリセスは詫びなければならなかった。

「ほらフィオレ嬢、ちゃんとアロ夫人に自分が誰か名乗って挨拶をする」

話が進まないと思ったのだろう。エルメーテが後方から割って入り、フィオレの頭を前に向ける。

「はいっ！　フィオレ＝ブリアーニです、奥様！　力持ちなのが自慢です」

元気よく。おそらく彼女が考える一番「ちゃんと」した自己紹介がそれなのだろう。恥ずかしがる様子も、臆する様子もない。

「は、はあ、ヴァレーリア＝アロです、よろしくお願いします」

何をよろしくなのか分かっていないレーアは、ためらいながらも客であることだけは理解したようで、言葉を返した。「それで、あの」と、レーアはウリセスを見上げる。

「彼女は……」

「なーに？　今日はえらくうるさいわね、誰が来た……の？」

気を取り直して説明を始めようとしたウリセスだったが、フィオレの大きな声は食堂のジャンナを呼び寄せてしまった。廊下から現れた妹が見たものは、ウリセスと戸惑うレーア。そして、エルメーテと謎の女性というもの。

次の瞬間。ジャンナは、明らかに誤解した目で、男二人をうさん臭くジロジロと眺め回したのだった。

今夜の食事は五人。

予定よりも突然二人多くなったことを告げられ、ジャンナは来訪者をうさん臭い目で見るのもやめて考え込んだ。食事の配分について、頭をひねっているのか。その後、黙って足早に台所へと消える。

そんな妹の背中を、ウリセスは本当に成長したものだと感心しながら見送った。昔であれば、ここで悪態（あくたい）のいくつかでもついてからようやく動き出しただろう。見知らぬ客がいたおかげもあるだろうが。

ジャンナが台所で苦労している間、ウリセスは食堂にレーアを座らせて事態の説明を始める。

「あの、実は！　実はわたし、軍人になりたいんです！」

食卓に手をつき、レーアの方へと身を乗り出すようにフィオレが自分から話し始めた。説明がうまいかどうかは別として、彼女は自分のことを他人が話してくれるまで待つ性質（たち）ではないようだ。

「ぐん……じん？」

言葉を呑み込めないレーアは、その部分を復唱しながら視線を隣のウリセスへと向ける。

「実はですね、今期から兵の募集条項からある一文が消えました」

補足を始めたのは、エルメーテだった。その一文とは、「応募は男子に限る」というものだ。ひっそりと性別の限定が解除され、女性も軍人になれるようになった、ということである。

しかし、たとえこの一文がなかったとしても、この地域での応募は今年も男だけだった。当然だとウリセスは思っていた。普通の親であれば、男だらけの職場に嫁入り前の娘を入れることなど、言語道断と考えるだろう。だから、軍規から性別の壁はなくなっても、今後もウリセスの部下は全て男だけだと思っていた。

だが、中央は違う。今年、一名の女性が入隊したことが、入隊者一覧で分かった。いままでになかった性別欄が出来、そこにたった一人だけ違う性別の文字が記載されていた。見つけたのは、ウリセスの有能な補佐官である。名字から、貴族の子女であることはあきらかだった。そしてウリセスは理解した。この子女を入隊させるために、軍規がひっそり改正されたのだと。

「わたし、いま十六で、あ、冬には十七になります。だから、来年の入隊試験を受けられるんです！　軍人になれるんです！」

琥珀色の目をキラキラ輝かせて、フィオレはレーアに熱く訴えかけている。もはや、その夢は叶ったも同然と言いたげな声だった。

「フィオレ嬢……そのことだけどね。何度も言っているけど……さすがに自分の名前も書けないようじゃ、いくら定員割れでも合格は出来ないよ」

そんな彼女の情熱に、隣からエルメーテが水をかける。現実という名の、冷たい水だった。「うぐっ」と、フィオレは言葉に詰まる。

「それに、合格しても女性兵を戦闘部隊には置けないって言っただろう？　事務方の仕事に従事出来る能力が優先される。その点は女性だからって甘く見られることはない。逆に厳しいくらいだと思った方がいい」

エルメーテが言葉を続けるごとに、ぐっ、ぐっ、ぐっとフィオレの顔が歪んでいく。

そんな彼女の顔が、ハッとレーアに向けられた。

「奥様、助けてください！」

テーブルの向かいのウリセスの妻に、彼女は身を乗り出して訴えかける。

「わたし、どうしても軍人になりたいんです！」

食堂に響き渡る大きな声。その声が、続けてこう言った。

「わたしに、読み書きを、教えてください！」

8　「姉ちゃん」を見た女

「びっくり、しました」

「……そうだろうな」

　夕食の席は、途中までとてもにぎやかだった。

　というより、フィオレがしゃべりたいようにしゃべり、やりたいようにやって、そして誰よりも早く食べ終わると去っていった。正確に言えば全部食べたわけではなく、ポケットから取り出したハンカチ――というか裁断(さいだん)しただけの布を広げ、パンに挟んだおかずをくるんで持ち帰った。

　彼女が去った後の食堂で、エルメーテはとても疲れたため息を漏(も)らしていたし、あのジャンナが狐(きつね)につままれたような顔をしていた。

　そんな言葉にしがたい夕食の時間が終わり、いつも通りレーアは夫と部屋に戻る。そこで彼女は、正直な驚きの言葉を口にしたのだった。

「女の子が軍人になるなんて、考えもしませんでした」

レーアの常識では、とても思いつけないものだった。たとえ、募集の張り紙から「男子に限る」という文字が消されていたとしても、だ。軍人とは男がなるものだと、ほとんどの人が認識しているだろう。

「俺も思わなかった」

昨夜と同じようにウリセスに寝台に座らされながら、レーアは夫が渋い声でそう吐き出すのを聞いた。今回の件について、ウリセスがもろ手を挙げて賛成しているわけではないのは、それで十分に伝わってくる。

「一体、どうして軍人になろうなんて思ったんでしょう」

それは、レーアにとっては当然の疑問だった。食堂では、フィオレの嵐が吹き荒れていたため、口を挟む隙間（すきま）はなかった。彼女が理解出来たことと言えば、これから時々、軍の食堂の仕事が終わった後——午後三時頃に、レーアに読み書きを習いに来るということだけである。

「それは……個人の事情だ。すまないが、本人に聞いてもらえるか？」

苦い表情と声のまま続けられた言葉に、レーアはウリセスがそれを軽く語るべきではないと考えている気配を感じたのだった。

「あっ、それはですね、死んだ父さんが軍人だったからです！」

そしてその事情は——翌日あっけらかんとした軽い響きでフィオレの口から放たれた。

食堂に紙とペンとインクを持ち込み、レーアはここで彼女に読み書きを教えることにした。夕食の支度をするジャンナの近くでもあるここならば、どちらで何か起きても大丈夫だと考えた。ウリセスに許可を取り、本棚から文字の練習の教本になりそうな本も借りている。

「それはお気の毒です。亡くなられたとは……戦争で？」

隣の席に座っていたレーアは、どう同情の言葉を投げかければいいか分からなかった。ありきたりの言葉でしか対応出来ない。

「違います、病気ですよ。流行風邪（はやりかぜ）をこじらせて、わたしが七歳の時にぽっくり逝（い）ってしまいました。弟が生まれたばかりでした」

そんな彼女の心など気にもかけず、フィオレはぽんぽんと言葉を放り出す。炒（い）った豆が弾けるような子だとレーアは思った。身体や言葉の内側から、常に力が溢（あふ）れ続けていて、特にそのぐりぐりした大きな琥珀色の目からは強い生命力を感じる。

「父さんは、すごく立派な人でした……その後は母がわたしたちを育てながら働いてくれたんですが、荷運びの馬車から落ちて打ち所が悪くて死んじゃいました」

ここまでは。ここまでのところは、不幸な昔のことを明るく語ろうとする健気(けなげ)な娘だと思っていた。

「わたしと弟は、両親が借りていた家を追い出されました。町には仲の悪い叔父(おじ)しかいなくて、絶対にわたしたちを引き取らないと言ったんで、神殿の孤児院に入れられました」

だが、そうではなかった。

「わたし！　お金がいると思ったんですよ！」

そこには、たくましく生きようとする少女の姿があった。両親を失った哀(あわ)れな姉弟に胸を痛めかけたレーアを、ピカピカに磨(みが)かれた銅貨みたいなフィオレの目が射抜(いぬ)く。「え？」と、レーアは思わず首を傾げてしまった。

「お金ですお金！　それがあれば、早く孤児院から出られると思って、学校とかそっちのけで町に働きに出ました。元々、父さんが死んでからは学校なんてほとんど行かずに弟の面倒見てたんで、どうでもよかったんです。それより、働かなきゃって。弟を孤児院に預けられたおかげで、心配せずに働きに出ることが出来ました！」

ハキハキシャキシャキと、フィオレは言葉を放つ。子供として生きるより、金を稼(かせ)ぐことを少女は選んだ。誰かの助けを借りて居心地悪く暮らすくらいなら、きつい思いをしても自力で生きたいと考えたのか。

そして彼女は、勉強を捨てた。文字の読み書きも計算も捨てて、ただがむしゃらに身体を使って働いて、小銭を稼ぐ日々を過ごしたという。

そんな、どんな仕事でも必死でこなしていたフィオレに、一度目の転機が訪れる。

「孤児院のご飯って、すっごくおいしくなくて、量も少なくて」

珍しく深刻な顔でフィオレは、そうレーアに語った。何でも生きるためだと口の中に入れそうな彼女の根性溢れる様子からは、少し違和感のある話だった。

「見る度に、うちの弟が痩せてくんです。このままじゃ弟が死んじゃうって思って料理屋で働こうとしました。料理屋なら、おいしい残り物を分けてもらえるかもしれないじゃないですか。それで、エルメーテさんちの料理屋にも行きました」

でもすぐクビになりましたと、フィオレは照れくさそうに首をかいた。繊細な仕事をしてこなかった彼女は、力が余って見事に皿を割ったという。それもまとめて。

そこで終わりであれば、笑い話だったかもしれない。だがフィオレはへこたれなかった。

町中の料理店をクビになると、彼女は料理屋のゴミ箱を漁り始めたと言うのだ。特にエルメーテの家である大麦亭のゴミは「当たり」が多かった、と彼女は嬉しそうに語った。

働きながらゴミ箱漁り。そんな生活をしているうちに、フィオレも学校を卒業する年になった。ほとんど行っていない学校だったが、それでもようやく世間からは大人として扱われる年となる。すぐさま彼女は、これまで貯めたお金でどうにか部屋を借りて、弟と二人暮らしを始めたという。

そうなっても、フィオレの生活が変わったわけではない。それどころか、学のない彼女がいい定職に就けるわけもなく、部屋を借りたせいで孤児院時代よりも貧乏な生活が始まった。だから、料理屋のゴミ漁りはそれまで通り続けなければならなかった。

昨年の冬のある日、いつものように仕事帰りに大麦亭のゴミ箱を漁っていた時、ついにフィオレはエルメーテに現行犯で捕まってしまう。

「その時、エルメーテさんが言ってたんです。軍の食器は黄銅だから、落としても壊れない。どうしても食堂で働きたければ、そっちに行ってみろって」

そして、もうひとつの転機が彼女に訪れる。

軍の食堂の募集が出ていないか、彼女が職業紹介所に聞きに行った時のこと。職員が、「来期から軍に女も入れるようになった」と冗談めかして話すのを耳にしてしまう。

「頭の中で、神殿の鐘が鳴ったかと思いました」

フィオレは自分の荒れた手をじっと見ながら、そう押し殺すように言った。あっけらかんとしていた彼女が、その瞬間だけ別の生き物のように見えて、レーアはまばたきをして彼女を見つめ直さなければならなかった。ニンジン色の髪が、一瞬燃え上がったように見えたのだ。

「わたし、その時初めて死んだお父さんを思い出したんです。初めてですよ。薄情（はくじょう）な娘ですよね。それまで思い出す暇（ひま）もなかったのに、お金稼いで栄養のあるものを弟に食べさせることしか考えてなかったのに、わたし、お父さんを思い出してしまったんです！」

　その時の驚きを思い出したのか、目を大きく見開いたフィオレは自分の髪の毛に手を突っ込んでかき回した。ただでさえ暴れている赤毛が、それでさらに跳ね回る。

　その姿は、どこか飢（う）えた動物のようだった。お金はいるが、お金だけでは駄目だった。栄養のある食べ物を拾ってお腹を膨らませても駄目だった。

　そんな彼女が思い出したのは、「立派な父」というもの。腹も膨れない、何の銭（ぜに）も生むことはない、ただただ美しい思い出。

「わたしには、お父さんという立派な人の思い出があったけど、小さかった弟にはありません。弟は立派な家族を覚えていません。ゴミを漁る姉ちゃんを尊敬する弟は、多分この世にはいません」

　わたし、とフィオレの唇が初めて空回（からまわ）りした。それに気づいた彼女は一度口を閉じて、再び大きく開いた。

「わたし……本当は、弟に尊敬される姉ちゃんになりたかったんです！」

まるで泥にまみれた過去の中から宝石を掘り出したかのようなピカピカの目で、フィオレはレーアに強く拳を握って見せた。

彼女の遠い過去まで遡った話は、熱く力強い流れとなって、いまという時間まで戻ってきたのだった。

9　不審者を捕らえた男

仕事帰りのウリセスは、自宅の前の道で妙な気配を感じた。

何かいる。それを感じた彼は足を止め、辺りを窺った。この道は、基地へ続く道から脇に入ったところにある。ここを通って行ける先はウリセスの家だけ。逆に言えば、彼の家に用事のない者が使うことはない。

新年祭の時に起きた自宅の窃盗事件を思い出し、彼はその気配を取るに足らないものとして放置することが出来なかった。用心深く視線を巡らせる。まだ夕焼けの残る視界に映るのは、ひとつの道と周囲の木々。

その中の一本の木陰から、何かが見えている。木の幹の途中にちらっと出ているそれは、人の指先のようにウリセスの目には映った。

ウリセスは、迷うことなく足を進めた。そして、木陰を覗き込んだ。

「……‼」

誰かがあげた声にならない悲鳴は、木の葉ひとつ揺らすことはなかった。


「いま帰った、レーア」

「おかえりなさい、ウリセ……え？」

今日は食堂から出てきたレーアが、玄関の光景に驚いた声をあげる。ウリセスが説明するより早く、彼女の後方から大きな声があがった。

「コジモ！」

硝子窓がビリっと震えるほどの大声の主は――フィオレだった。

「……ねえちゃぁあん」

ウリセスが連れて来た、十歳くらいの痩せた男の子は、それとは対照的な蚊の鳴くような声でフィオレのことをそう呼んだ。ウリセスの予想通りだった。

家の前の木陰に隠れていたこの子を見つけた時、ウリセスはどうあがいても会話を成立させることが出来なかった。最後まで男の子は、ウリセスに対して一言もしゃべらなかったのだ。

ただ、少年はニンジン色の髪をしていた。フィオレの跳ね回った髪と違い、こちらはぺちゃんこのまっすぐな髪。おどおどした目もまた、彼女と同じ琥珀色。フィオレには年の離れた弟がいると聞いていたので、この子がそうだろうとウリセスは予測した。

だから彼は膝を折って、出来るだけ威圧感を与えないよう注意しながら、「姉さんならうちの家にいるだろう。こんなところで待っていないで来るといい」と少年を説得しようとした。しかし、彼はぶるぶる震えるばかり。ウリセスは我慢強く、少年が落ち着くのを待たなければならなかった。

その間、ウリセスの脳裏(のうり)をよぎったのは、彼の義弟セヴェーロの顔だった。セヴェーロの小さい頃というのは、こんな風だったのではないかとふと思った。本人は否定するかもしれないが。

ウリセスは、そんな風に多くのことを考える長い時間を得た。それくらい、少年には時間が必要だった。

ようやく差し出した手を、死にそうな顔で少年が取る。小さく汚れた手だった。けれど、とても温かな手。ウリセスはその手を握りつぶさないよう注意しながら、子供の歩幅に合わせてゆっくりと歩いて家へと帰ったのだった。

妻と共に歩いた経験があってよかったと思った。そうでなければ、ウリセスはきっと最初に少年を引きずるように歩いてしまっただろう。もし誰かがその光景を見ていたら、彼はいたいけな子供を拉致（らち）する悪役と映ったに違いなかった。

そして弟は姉と再会する。

「ちょっ、何で来たの？　姉ちゃん遅くなるって言ったじゃない！」

弟コジモの前に両膝をついて、大きな目を転げ落とさんばかりに見開いたフィオレは、弟を問いただそうとする。ウリセスが、それは逆効果じゃないだろうかと思っていると案の定その通りで、少年はうつむいて黙り込んでしまった。

「迎えに来てくれたんじゃないでしょうか、お姉ちゃんを」

噛み合っていない姉弟に、レーアがゆっくりウリセスの方へと近づきながら遠慮がちに言葉をかけた。

「えっ？　そうなの？　コジモ⁉」

レーアのささやかな助け舟も破壊する勢いでフィオレが詰め寄るものだから、ますます少年は言葉を呑み込んでしまう。普段この姉弟がどんな風に暮らしているのか、それを見ればよく分かる。

一方的に姉がしゃべり、弟は小さくなっている。いや、一方的にしゃべる勢いのある姉だからこそ、下の子というのはこうなってしまうものなのかもしれない。

ウリセスの側まで来たレーアが、彼の腕に触れる。そのまま腕を握って、頭を少年の高さまで下げた。

「こんにちは」

おなかの関係で、素早く立ったり座ったり出来なくなった彼女なりの体勢だったのだろう。ウリセスにはそれが、何かあったら自分が支えてくれると信じているからこその行動だと感じられた。

「……」

挨拶を返せず、小さくなりながら目をそらす少年。それにレーアは小さく微笑んだ。その目に浮かぶのは、懐かしいものを見つめる色。

「コジモ！　ちゃんと挨拶しなさい！」

背中をバシーンとフィオレに叩かれ、その勢いでよろけるようにコジモはレーアの前へと進み出る。

もじ、もじと手を握り合わせて、居心地の悪い空気と見知らぬ人たちの前で、彼の小さな心臓は壊れんばかりに脈打っていることだろう。

「コ……！」

待ちきれずにフィオレがもう一度弟に活を入れようとするところへ、レーアが「しーっ」と唇の前に人差し指を立てて止める。大きな口から飛び出しかけた続きの言葉を、勢いあまった顔のフィオレはごくんと呑み込んだ。

「……ちは」

か細く消え入りそうな声が、震えるコジモの口からこぼれ出る。そんなコジモに、レーアはますます笑みを浮かべる。

「ようこそいらっしゃいました。お姉ちゃんの勉強は終わったから、一緒に夕飯を食べていってね、おなかすいたでしょう？」

そう優しく言葉をかけると、レーアは再びウリセスの腕を伝って身体をまっすぐに戻した。今日の夕食も、どうやら五人になるようだった。

夕食の席は、女二人が主役のにぎやかな食卓になった。ジャンナとフィオレの会話が主だったのだ。

「女が軍隊なんて、やめた方がいいわよ。絶対いやになるから」

「いやです、やります」

「周りを見たら全部男なのよ？　しかもムサくるしくて怖い顔の男ばっか。それにこーんな怖い顔した上官に怒鳴（どな）られるんだから」

アロ家側に座っているジャンナは、隣のレーアの前に指を突き出した。その指の先にいるのは、レーアの更に隣にいるウリセス。「ムサくるしくて怖い顔の男」の代表格に兄を指さしたのだ。

「……一応言っておくが」

ウリセスが言葉を差し挟むと、ジャンナは表情を険（けわ）しくした。兄からの小言が始まると思ったのだろう。一方のフィオレは、何を言われるのか分からず、目をぐるんと一回りさせる。

「……二人とも、同じ年だぞ」

しかし、ウリセスの一言が相当予想外だったのだろう。びっくりした顔の後、ジャンナはハッとフィオレの方へと視線を向け直す。

「そっか、来年から軍に入隊出来るってことは……」

おそるおそる、その現実を噛み締めるようにジャンナは言葉を紡ぐ。そして、それは最後まで続けられなかった。

「はい、いま十六、冬には十七です」

それより素早く、フィオレが口を挟んできたからだ。「コジモは夏で十歳です」と、隣の弟の紹介も忘れない。話の流れ的に必要かどうかは、彼女にとっては無関係なのだろう。

軍人になりたい者は十七歳で試験を受け、合格すれば十八歳になる年の春から入隊となる。どちらにせよ同じ年でフィオレだけが丁寧語を、ジャンナだけが対等な言葉を使うのはバランスが悪い。どちらかに統一すればいいと、ウリセスは考えて口を挟んだ。

文字の読み書きの苦手なフィオレが意外にも丁寧語を使えるのは、子供の頃から年長の人たちの間で働いてきたからだと推測される。いろいろ問題は多そうではあるが、生きるために己の身を粉にして働いてきたかどうかは、見ていれば分かるものだ。

そんな女たちの攻防の横で小さくなりながら、コジモはフォークをマカロニに突き立てる。先日の出来が気に入ったのか、ジャンナがまたこれをこしらえていた。ぱくりと口に入れたコジモが、一瞬そのまま固まる。ぱちくりと大きく一度まばたきをした後、不思議なことにその目はじわっと涙を浮かべた。

「ねぇちゃぁん……」

消え入りそうな声で、コジモが隣の姉の服を引っ張る。涙目の弟に驚きながら、フィオレは「どうしたの!?」と慌てて問いかけた。

「おんなじ味だよ、マカロニ」

「何ですって!?」

くるりとフォークを回すように掴んで、フィオレは皿の上のマカロニに突き立てた。そのままむしゃっと口の中に入れる。

「あーほんとだ。大麦亭のマカロニだ、これ」

よく噛み、唇についたオイルと塩を舐めた後、フィオレは大きく頷いた。そして、えへへと恥ずかしそうに笑いながら前に向き直る。

「大麦亭の皿洗いの仕事に入った日に、おすそ分けでもらったんです。まあ、すぐクビになっちゃったんで、それきりだったんですけど。でも、それをコジモはすごく気に入って、もう一度食べたいって言ってたんです。そういえば、エルメーテさんが出入りしてましたね、ここには」

涙が落ち着いたのか、コジモは皿に小さく載せられたマカロニを次々と口に運んでいる。そんな弟を見ながら、フィオレはぺらぺらと事情を説明する。しかし、その目は間違いようのない「姉」の色をしていた。

その姉である彼女は、弟には剣に触らせたいと考えていた。弟を強く育てたい、覚えていない軍人だった父のことを、何とか伝えたいと考えていたようだ。

　しかし、それは不当に手にした剣で行われてはならないものだと、彼女は連隊長室で白状した後に諭され、行方不明だった剣はすみやかに回収された。

　それとは別に、届けを出さずに剣を持ち出し、発覚を恐れて食堂の裏に置いて消えた兵士も、周囲の目撃情報から見つかっていた。こちらは既にたっぷり上官に絞られ、罰則を受けている。

「軍人になるならば、女であっても戦いに命を懸けなければならないこともある。危険な目にも遭うだろう。ただ亡くなった父に憧れているだけなら、とても賛成出来るものではない」

　ウリセスは、あの時そうフィオレに言った。生半可な気持ちで軍人になったところで、良い結果になるとは何ひとつ思えなかったからだ。女性を危険な場所に置くことに反対する気持ちがウリセスの中にあったのもまた、隠しようのない事実だったが。

　そうしたら、フィオレはウリセスをまっすぐ見返し、胸を張ってこう答えた。

「連隊長様。もう駄目です。わたしの前で軍人の扉が開いたんです。入らないでいるなんて絶対に出来ません！」

大きな口を大きく開き、その中に入る空気をバリバリと噛み砕きながら、彼女ははっきりとウリセスに言い返した。誰も自分を止めることは出来ないと。それを、この地域の司令官に向かってはっきりと言い返したのである。

いま、食堂の席に座っているフィオレには、その時の迫力はない。隣の弟がおいしそうにご飯を食べるのをニコニコしながら眺めている。

次に彼女がしたことは——自分の皿の全てのマカロニを、弟の皿に移すことだった。

姉弟の帰り際。

暗くなったため、ウリセスが彼らを家まで送るべく玄関まで出た時、ジャンナがフィオレにこう言った。

「もう私は覚えたから」

ジャンナはマカロニのレシピを、彼女の胸に押し付けていた。

二人の会話は食堂で多く交わされたが、最後まで丁寧語と対等語の言葉遣いは変わらなかった。

10　本を読んだ女

「おかえりなさい、ウリセス」

二人を送り終えて帰って来たウリセスを、レーアは寝室で待っていた。身重になって以来、夫はすぐ帰って来ると分かっていたので玄関で待ちたかったのだが、夫はそれを許してくれない。だから着替えだけ済ませてウリセス側の寝台の端に腰掛け、燭台の明かりで何冊かの本を見比べながら待っていた。

ウリセスがフィオレの教材用に出してくれた本だが、どれも大人向けの硬いものだ。次にフィオレが来た時に、レーアが読めなければ恥をかいてしまうので、一応目を通しておこうと思っていた。

「いま帰った。ああ、それか……難しい本ばかりだろう。教えるのは大変じゃなかったか？」

これまで寝室にはずっと書棚（しょだな）があり、古めかしい本が並んでいた。しかし、背表紙を読む限り、レーアが興味を持てそうなものはなかった。地理、歴史、軍事。主にこれらの分野の本ばかりだった。

「いえ、そんなことは……」

歴史の本を持ち上げながら、レーアはせっかく手に入れた、フィオレへ文字を教えるという穏やかな仕事を守ろうとした。ここで大変でしたと答えたら、ウリセスは他の人を先生として紹介してしまうかもしれないと思ったのだ。

フィオレは、決して優秀な生徒ではなかった。文字はミミズのようだったし、おそらく読み書きについては真面目に学校に通っているという弟コジモの方が上ではないかと思われる。

それでも彼女は陽気で、書くのに失敗しても「この文字って毛虫に見えません？」とその文字に目を書いて笑うような、何事も楽しむ才能を持っていた。

ただ、力が余っているようで、紙を破いたりペン先をへし折ったり、いろいろ小さな騒動が起きていた。しかし、レーアが近づこうとする時だけは、両手をばっと上げて動きを止める。どうしてそんな不思議なポーズを取るのかと聞いたら、「身重の奥様に何かしでかしたら、連隊長様に顔向け出来ませんから」と、まるで高価な壺を前にしたかのように、緊張した表情を見せる。

フィオレとレーアが初めて出会った時、飛び出そうとした彼女はウリセスに襟首を掴まれた。それが、まだこたえているのだろうか。ともあれ、少し力が余っている以外は、本当に気のいい元気な女性だ。レーアもこれからもきっと楽しく文字を教えられると感じていた。

　だから、大丈夫ですという気持ちを込めて、レーアは上着を脱いでいる夫を見上げる。しかし、彼はいつものクセか、彼女に背中を向けて着替えていた。これでは彼女の気持ちは届かない。

　レーアは寝台から立ち上がり、ウリセスの横の方へ回って心配に思いながら彼を見る。どうかこの仕事を取り上げないでください——そんな気持ちが、さぞや溢れ出していたことだろう。視線に気づいたウリセスが、上着の右袖を抜いた後、横のレーアに顔を向ける。

「そんな心配そうな顔をするな……大丈夫なら、いい」

　夫の少し困った表情に、レーアは少し申し訳なく思いながらも深く安堵した。

「何か読みやすそうな本を、そのうちジャンナに買ってこさせよう」

　上着のもう片方の袖を抜いたところで、ウリセスがそんなことを言った。それは良い案だとレーアも思った。どうせなら読みやすく、少し楽しい内容の方が、きっとフィオレも文字を覚えられるに違いない。

「結婚前は、時々トビア兄さんが本を買ってきてくれました……あっ」

せっかく立ったのだから寝台に一人で戻るのもおかしな気がして、レーアはそのままの場所で自分の中にある本の記憶を探っていると、ふとある案が思い浮かんだ。

「あの、いまその本はセヴェーロの部屋にあるので、今度持ってきてもらいましょうか。多分、もう弟も読んでいないでしょう。私が知っている本ばかりですから、教本にちょうどいいと思います」

これはより良い案だと、レーアは嬉しくなった。読みやすく教えやすい、実家にある本。それに、好きな物語もいくつかある。結婚の荷物に本を入れるのを遠慮して、彼女はそれらを家に置いてきていた。

いまのレーアには、本を読む時間もある。義妹のジャンナも、本があれば手持ち無沙汰(ぶさた)な時間を紛(まぎ)らわせることが出来るかもしれない。レーアは自分が見つけた道がとても素晴らしいものであると思えてきて、目を輝かせた。

「本が、好きなのか？」

シャツのボタンを全て外し終えたウリセスが、率直な疑問の声で問いかけてくる。

「そう……ですね。知らない国を旅したり、私が出来ないことを出来る人の物語を読んだりするのは楽しかったですね」

ジャンナのように、駅馬車で七日の距離を家出してくるような行動力は、レーアにはない。

　彼女の人生には、冒険と呼べるものはなかった。唯一の冒険らしいものと言えば、顔も知らないウリセスと結婚したことくらいだ。それもまた、父の後押しがあってのことである。

　冒険出来ない彼女にとって本というものは、家にいながら知らない世界を安全に覗き見られるものだった。知識を得ることはいいことだと兄トビアは思っていたようで、仕事に就いて働けるようになると、給料をやりくりして本を買ってきてくれた。読むのはもっぱらレーアとセヴェーロの二人。ルーベンは見向きもしなかったし、イレネオは本を開いて数ページでうとうとし始める始末で、最後まで読みきれたことはなかった。

「そうか」と、シャツを脱いだウリセスがベルトに手をかけたので、レーアは彼の横に立ち続けることは出来なくなった。とりあえず、寝台に置いていた本を片付けに行く。

「では、次にセヴェーロに会ったら、俺が頼んでおこう」

「はい、お願いします」

　自分の「より良い案」がすんなりと通り、すっかり上機嫌になったレーアは、燭台の灯りが消されるまでずっとにこにこしていた。

「こんにちは、姉さん」

「セヴェーロ、わざわざ本を持って来てくれてありがとう」

数日後、レーアは休みの日に鞄(かばん)を持って訪ねてきた弟を迎え入れて、頬を合わせた。訪ねてくることは事前にウリセスから聞いていたので、彼女はそれをとても楽しみにしていた。

「ええと、わりと読みやすいと思うのを見繕(みつくろ)ってきたんだけど、これで大丈夫かな」

食堂の机の上で鞄を開ける弟の横で、わくわくしながらレーアは覗き込んだ。

「やだ、懐かしい。『こびとの冒険』まで持ってきてくれたの?」

「小さい男の子もいるって聞いたからね。童話もあった方がいいのかなって思って」

子供の頃に何度も読んだ本が出てきて、レーアは驚いた。大分ボロボロになっているが、まだちゃんと読める。ボロボロになった最大の理由は、ルーベンに剣術ごっこの盾として使われたせいなのだが。

それもこれもと懐かしい本を一冊ずつ取り上げて、食卓の上に並べる。そんなレーアの手が、ふと止まった。

「こんな本……あったかしら?」

鞄の一番底。汚れひとつない装丁の厚い本が、レーアを見上げていた。思わず手に取る。

「神殿の木陰に降る雨」という表題にも、まったく見覚えがない。

「ああそれは」と、セヴェーロがえへへと笑った。

「それは義兄上に、何か面白そうなものを見繕ってくれって頼まれた本だよ」

セヴェーロが「義兄上」と呼ぶ相手は、一人しかいない——ウリセスだけ。尊敬する義兄に頼まれごとをしたのが嬉しくてしょうがない顔で、セヴェーロは「結構悩んだんだけど、都で人気だって聞いたから」と本の説明をする。

話についていけてないのは、レーアの方だった。本は家にあるものをセヴェーロに持ってきてもらうということで、話が決まっていたはずだ。しかし、鞄を開けてみれば見知らぬ新しい本が一冊。

「姉さんが読んだことのない本をって頼まれたんだけど……」

本を眺めたまま首を傾げているレーアに、さすがに心配になってきたのかセヴェーロがおそるおそる言葉を付け足す。

それを聞いた時、レーアは自分の胸がどきりと大きな音を立てたことに気づいた。レーアのいないところで、ウリセスが自分の話をした、という事実を聞いただけでそうなってしまった。夫は彼女に「本が好きか」と聞いた。それに彼女は「はい」と答えた。この新しい本はきっと、そんなやりとりの末に出てきたものなのだろう。

どきどきする気持ちを抱えたまま、レーアはこの本は自分が読み終わってからフィオレの教本にしようと思った。

「新しい本、ありがとうございました」

ウリセスを出迎えた時、「おかえりなさい」の後にレーアはすぐにそう告げた。

セヴェーロが来たことを思い出したのだろう、「ああ」と合点がいったようにウリセスは呟いた後、「根を詰めて読むなよ」と小さく釘を刺した。「はい」と笑顔で答えて、レーアはウリセスと共に食堂へ向かう。

それから、アロ家の夕食には六つの椅子が全て埋まる日が出来るようになった。

アロ家の家族が三人。それに、時々フィオレが弟のコジモを連れて勉強にやってくる。コジモは「こびとの冒険」の本がとても気に入ったようで、姉が勉強している間、食堂の椅子に座って何度も何度も読み返している。フィオレは、相変わらずミミズの文字と格闘している。

最後の一人は、不定期にやってくるエルメーテかレーアの兄弟。エルメーテはフィオレたちとかち合うと、苦手なのか微妙な表情を浮かべる。一方のフィオレはそんな彼の態度を、まったく気にしていない。

少し変わったのは、コジモが小さい声ながらにウリセスやレーアにちゃんと挨拶が出来るようになったこと。「ご馳走になりました……」と、帰り際にお礼を言う姿は、レーアの目にはとてもいじらしく映った。

そんなコジモに、ウリセスも意識はしていないだろうが、優しい目を向ける。男の子が育っていく姿を見るのは、彼も楽しいのだろうとレーアは感じていた。

そんなにぎやかな日々の中、レーアは少しずつウリセスにもらった本を読む。


それは、夏の話だった。

暑いさなか、五十歳くらいの男が神殿の前まで来るものの、決して中には入らずに庭の木陰で佇む話。毎日毎日足を運ぶというのに、どうしても木陰までしか来ることが出来ない彼に気づいた若い神官は、ある日その木に登って男が来るのを待つ。今日もまた男は暑い日ざしの中、木の下までやってくる。

「いつも君は私のところにやってくるね。私に用があるわけじゃないんだろう？」と神官は木の上から語りかける。男はびっくりしてキョロキョロするものの誰もいない。男は、声の主を木の精霊だと勘違いし、ついに心の内を告白する。

そこから、男の波乱万丈の過去が語られ始めた。長い物語だった。神官は、その話がとても気に入り、毎日木の上から精霊のふりをして語りかけ続けた。

男は冒険家だった。険しい山に登ったり、いくつもの異国を渡り歩いたりしてきた。兵隊に捕まったことや、苦労の末に珍しい石を見つけた話が語られる。若い神官の目には、彼は勇敢な男に映った。

だが違った。

男は物語の最後に、ついにこう告白したのだ。「私は自分が冒険したいばかりに、昔この神殿に我が子を置き去りにしました」と。

今更どんな顔で父だと名乗ることが出来ようか。だから、せめて一目でも姿が見られればと、こうして毎日通っている。しかし、どの神官が我が子か分からない。これは子を捨てた私への罰なのだろうと、男はじっと神殿の入口を見つめたまま言った。

その時、青々と葉の茂る木陰にいるというのに、男の頭上から雨が降り始めた。ありえないことだと男が顔を上げると、高い木の上で若い神官が泣いている。おいおいと泣き続けている。男は、木陰から降る雨を黙って浴び続けた。

「おがえりなざい、ウリゼズ」

「ただい……どうした？」

帰宅したウリセスは、妻が真っ赤に泣き腫らした目で出迎えに出たことにひどく狼狽した顔を見せた。とても珍しい表情だったが、レーアもいまはそれどころではなかった。

「本が、本がどでも良い話で……」

思い出すだけでまた涙が出そうになる目元を押さえてレーアが答えると、「本か……」とウリセスはようやく深く安堵したように、肩の力を抜いたのだった。

11　先生になった女

最近、セヴェーロがアロ家に遊びに来るようになった。

セヴェーロの目的は――

「こびとが、おおきいやま？　だとおもっ、ていたのは、じつはらくだのこ、こぶだったの、です？」

食堂の席でたどたどしくも一生懸命に、子供向けの本を読み上げる赤毛の女性、フィオレ＝ブリアーニ――ではなく――

「それは、夏の暑い頃の……ことでした。神殿の前に、ある男の人が、やってきました。男の人は、大きな木の下に立って、長い間神殿の方を、見ていましたが……決して中に入ろうとは、しませんでした」

部屋のすみの小さな椅子で、多少つかえながらも大人向けの本を小さな声で読み上げる赤毛の少年、コジモ＝ブリアーニのお守りだった。

「そうそう、上手に読めてるよ」

力の入っていたコジモの小さな肩が、セヴェーロのホメ言葉とともに安心したように下がる。そして、はにかむようにえへへと笑う。

あの人見知りのコジモが一番最初になついたのは、家主のウリセスでもなく、その妻のレーアでもなく、ましてやジャンナでもない。たまたまコンテ家からの差し入れを持って現れたセヴェーロだった。

その時、コジモは急いでアロ家に行こうとして思い切り転んで、家の前の道で泣きべそをかいていたという。訪ねてきたセヴェーロがそんなコジモをおぶって現れたのには、レーアもびっくりした。

コジモの目には、コンテ家の末弟がとても優しい人に見えたのだろう。そしてセヴェーロもまた、自分より年下の子の面倒を見るのは新鮮であり、楽しんでいるように見えた。

セヴェーロも子供の頃は、とても引っ込み思案で臆病な気質だった。昔の自分を見ている気持ちになったのだろう。

用事を済ませたセヴェーロが帰ろうとした時、あのコジモが「また……来る？」と心配そうに問いかけた。そんな経緯もあって、セヴェーロは休みの日や、エルメーテが訪ねてこない仕事終わりの日に、ウリセスの許可を取って訪ねてくるようになっていた。

ある日、セヴェーロは木を彫って作った小さな短剣をコジモにプレゼントした。コンテ家の父にわざわざ頼んだようだ。その時のコジモの目の輝きようと言ったら。どんなに小さくて大人しくても男の子なのだと、レーアはその様子に深く感心した。

本を読んだり、庭で一緒に剣術ごっこをしたりと、二人は本当の兄弟のようにすっかり仲良くなっていった。

「らくだ？」

勉強という意味では、弟の遥か後方を行く姉のフィオレが、本の中の引っかかった言葉に首をひねる。レーアは視線を、弟たちから隣に座るフィオレへと移した。

「えっと、遠い国にそういう動物がいるのよ。次のページに挿絵がついているわ」

本の外側は、兄に剣術ごっこの盾にされてぼろぼろになったが、中はまだまともに見られる。フィオレの荒れた手がページをめくると、絵が現れた。

「なにこの動物、おかしな格好！」

挿絵を見て、フィオレはケタケタと笑う。文字と違いぱっと目に入る絵を、とてもおいしいお菓子であるかのように、フィオレは笑いながらも食い入るように見つめている。背中に大きなコブをひとつ持つ、奇妙な馬のような生き物の絵だ。

「こびとの冒険」という本は、小さなこびとの目を通して、子供の頃のレーアを見たこともない世界まで連れていってくれた。それと同じ気持ちを、いまのフィオレも感じているのかもしれない。ぱらぱらとフィオレは先のページをめくる。他の挿絵を探そうとしているのだろう。

「楽しみは、読み進めた時まで取っておきましょう？」

それをレーアが止めたものだから、フィオレはひどく残念そうな表情になった。

「はい、奥様」と、彼女は素直にページを元のところに戻した。

挿絵だけ見ても、楽しさは半減してしまうとレーアは思った。どうせなら文章を楽しみながら、その絵までたどりついてほしかった。

しかし、フィオレの右手はうずうずとページをめくりたそうにしている。この挿絵への楽しみが、文字を覚える力につながればいいと、レーアは小さく微笑んだ。

文章を一度読んだら、今度はその文字を書き写す練習。インクと紙はウリセスの差し入れだった。ざらざらの安い紙は、ペン先がよく引っかかる。時々、ありえない方向に文字が跳ね上がることもあった。

慣れていないため、どうしても一文字一文字が大きくなる。左右逆さまに文字を書くこともあった。それをひとつずつ添削しながら、レーアは何度も同じ文を書き写させる。

「らくだ」の文字まで到着する度に、フィオレはぷっと笑った。きっと挿絵を思い出しているのだろう。

紙の端から端まで、隙間の隙間まで何度も文字を書くと、紙はインクで真っ黒に染まる。当然のごとく、どうしてもフィオレの手も黒く汚れる。それでも真っ黒になった紙を持ち上げて、今日もいっぱい書いたと、フィオレは少し疲れた顔でありながらも満足そうな表情を浮かべる。ところどころ破れて紙が垂れ下がっているのは、彼女の力が余った結果だった。

「そろそろ食卓を片付けて手を洗ってー」

夕食の準備をしていたジャンナが扉を開けると、食堂の流れは一変する。

「やった」と声をあげて最初にフィオレが立ち上がり、そーっと書き終わった黒い紙を片付け始める。勉強から解放されたのも嬉しいだろうが、何よりここでの夕食が彼女の楽しみのひとつとなっているのが分かる。

次にセヴェーロが立ち上がって、出していた本、更にフィオレの使った紙とインクを片付ける。名残惜しそうに、コジモは抱えていた本を閉じてセヴェーロと一緒に本を運ぶ。

本はいま、一階の応接室に保管するようにしていた。客である彼らが気軽に出入り出来る部屋だからだ。インクまで彼らが片付けるのは、前に一度フィオレがインク瓶を空に飛ばして大変なことになったからである。

「奥様、今日もありがとうございました！」

そんなフィオレは最近、レーアに向かって軍人のように敬礼する。どうして敬礼するのかと聞いてみると「家で練習してるんです」という明るい笑顔が返って来た。軍人になった時の練習なのだろう。

彼女が軍人を目指すことを、レーアは姉のような気持ちで心配してはいた。ただあまりに一途に苦手な勉強と向かい合う彼女を見ると、止める自信をまったく持てなかった。

「フィオレ、井戸から水を汲んできて」

「あ、忘れてた。ジャンナ、ごめん！」

細かい仕事は苦手なフィオレだが、ジャンナのこの言葉を聞くや、自分のやるべきことを定めたようで奥庭の井戸へと飛んでいく。水は毎朝汲み置きするものの、最近アロ家に出入りする人数が増えているため、足りなくなることも多い。

そこで活躍するのがフィオレだ。最近はジャンナがわざと少なめに井戸から水を汲んでいるのに、レーアも気づいていた。

「いいじゃない、うちでご飯食べてるんだから水汲みくらいしてもらっても」というジャンナの言葉に、そういう考え方もあるのかとレーアは感心してしまった。

義妹がフィオレのことをまったくお客様扱いしてないのがよく分かるし、それだけ二人が仲良くなってきていることも伝わってくる。まったく違う生い立ちの二人ではあるが、同じ年という共通点のおかげか気を遣わないで接することが出来るようだ。呼び合う時に「さん」づけをやめ、言葉遣いも対等になったこともまた、二人がより近づいた出来事だった。

レーアは仲の良い二人をにこやかに見つめながら、自分も仕立て屋の妻であるエリデと知り合った頃はあんな風だったのかなあ、と思っていた。

当たり前のような顔で年若い子たちが、この家の中を動き回る。元々兄弟の多い家庭で育ったレーアにとってその空気は、よく知っているものであり、そして楽しいものでもあった。

そんな騒がしい食堂がすっかり元に戻り、夕食の準備が進む頃。

「いま帰った」

この家の主であるウリセスが帰宅する。セヴェーロが、コジモを連れて最初に迎えに出る。コジモは最初嫌がっていたが、「おいで、大丈夫だよ」とセヴェーロに促されてついていくようになった。

レーアがゆっくりと歩く後ろをもどかしそうにしながらも、ぐっと我慢している顔のフィオレがついてくる。「先に行ってもいいのよ」とレーアも言ったのだが、「もしもの時くらいなら、わたしでも役に立つかもしれません！」と言い張ってやめようとはしなかった。

「おかえりなさい、ウリセス」

レーアが玄関にたどりつくと、少し遅れて準備を済ませたジャンナがやってくる。そうすると、五人、いやおなかの中の子も含めて六人もの人間に、ウリセスは囲まれることになる。まるで子供がたくさんいる家のようににぎやかだ。

「ほらほら、食堂に入って」

ジャンナの声に追いたてられてセヴェーロ、コジモ、そしてフィオレも食堂へと消える。ジャンナがその後に続く。

そうすると、後にレーアとウリセスだけが残る。最初の頃はフィオレも残っていたが、ここまでくればもう自分がレーアの心配をしなくていいと理解した後は、先に食堂に入るようになった。

「今日も問題なかったか？」

食堂までの短い距離、レーアには腕を貸してくれる頼もしい存在がいた。彼女の顔と大きくなったおなかを見て、夫はいつもそう問いかける。

「はい、みんな元気ですよ」

レーアがすがったくらいではビクともしない立派な腕を借りて、二人で食堂へと歩く。

食堂に入ると、お客側の席はセヴェーロ、フィオレ、コジモで全て埋まっている。ジャンナも仕度を済ませてちょうど向かい側に座るところだった。

そして、残り二つの席を埋める。ウリセスが最初にレーアを座らせて、そして彼が座ると、この食堂は完成するのだ。

「遠慮せずに食べてくれ」

ウリセスの言葉に「ご馳走になります」と答え、心から嬉しそうにフィオレがフォークを持ち上げる。「コジモ、お肉少しあげるよ」と、セヴェーロが甲斐甲斐（かいがい）しく隣の席の少年に世話を焼く。

そんな向かい側の楽しそうな光景を見つめながら、レーアもゆっくりとフォークを持ち上げるのだった。

12　少年の勇気を見た女

「あ、そうだ、コジモ……あれ、セヴェーロさんに頼んだら？」

　食事があらかた終わりかけた頃、おなかがいっぱいになって満足そうなフィオレが、ふと隣の弟に声をかける。全員の視線が一斉にコジモに集中する瞬間だった。

「あ、う……」

　セヴェーロには慣れたといっても、やはりまだまだ気弱な少年だ。みなの視線に耐えられず、小さくなってしまう。

「どうしたの？　何か困ってることでもあるの？」

「それがですね……」

　セヴェーロの問いかけに、フィオレが説明を始めようとしたところ、そんな彼女の前に手が向けられる。困った眉のセヴェーロ自身の制止の手だった。

「ええと……ごめん、フィオレさん。僕はコジモから聞きたいんだ」

　前にセヴェーロは、「自分の言いたいことを周囲が代わりにしゃべってしまうと、いつまでたっても言葉って出せないよね」と、赤毛姉弟のいないところでレーアに言った。フィオレはとても良い姉ではあるが、せっかちなせいか待つことが苦手なようだった。

コジモと昔の自分を重ねて、セヴェーロもいろいろ考えているのだと、末弟の成長をレーアは嬉しく思っていた。弟の言葉は柔らかく、フィオレも反発はしづらいようだ。

「あー、そうですね」と、彼女は自分の頬をぴたぴたと叩きながら引き下がった。

「あの……」

コジモが、ちらちらとセヴェーロと周囲の人を見比べる。他の人の視線が集中しているのは辛いだろうと思って、レーアは目をそらしてもう少し残っている食事を続けることにしたが、ちょっとそらしすぎてフォークが空振りをしてしまう。慌てて皿を見て位置を調整する。

「あの、ええと……も、もうすぐ、夏朔」

レーアの努力が通じたのだろうか、おそるおそるではあるが、コジモが小さな声でゆっくりと言葉を吐き出した。

ちらりと見ると、ウリセスも視線をグラスに戻していたし、ジャンナはあらぬ方を向いている。フィオレだけが心配そうにコジモを凝視していたが、少年はちょうど反対側のセヴェーロの方を見ていたので、姉の視線には気づいていないようだ。

　セヴェーロは切れた言葉に小さく頷いて、続きを待っている。

「夏朔は……あの……僕の」

　言葉が切れる。誰かに続きを付け足してもらって、早くこの緊張感から逃れたいという気持ちが痛いほどレーアに伝わってくる。代われるものなら代わってやりたかったが、その気持ちはフィオレの方がもっと強いに違いない。両手を強く拳にして、一人で身悶えているのが見えた。

　長い沈黙の中、誰の助け舟も出ないことに気づいたコジモは、一度うつむいた後に顔を上げた。

「僕の、僕の……誕生季」

　泣きそうな顔で、コジモはようやく一番重要な言葉を言い切ることに成功した。

「そうなんだ。何歳になるの？」

　セヴェーロは、コジモの言葉を受け取って静かに返事をする。フィオレが、もう耐えられないと言わんばかりにのけぞっているが、それでも言葉で加勢するのを必死でこらえていた。

「じゅ、十歳！」

　しかし、長い沈黙はなかった。その言葉だけは、心の中で何度も何度も繰り返していたかのように、コジモはすぐに答えた。

「十歳か。じゃあ、今度で神殿に行くのは最後だね」

その言葉の最後で、一瞬何かに気づいたようにセヴェーロはあっと表情を変化させかけたが、口をすぐに閉ざした。コジモが何を言おうとしているのか、おそらく分かったのだろう。しかし、それを自分から言わないように我慢したに違いない。フィオレはもう我慢し疲れたのか、少しぐったりとした様子で椅子の背もたれに身体を預けて、天を仰いでいる。

「そ、そう。最後。あの、最後……神殿にあの、あの……」

勇気を振り絞っている。もじもじそわそわしながら、顔を真っ赤にしてコジモがぎゅうっと強く拳を握った。

「神殿に、一緒に……ねぇちゃんは仕事で、僕一人。あの、だから、一緒に、来て」

ようやくそこまで言い切ったコジモの言葉に、レーアの脳内には過去の記憶が一気に巻き戻された。

「じゃあ、レーア。お願いね」と言った、母の声だ。

セヴェーロの十歳の誕生季である春の一日目。春朔と呼ばれるその日、どうしても母が一緒に行けなくて、代わりにレーアが、弟と手をつないで神殿に行くことになった。

子供にとって新しい季節の一日目は特別だった。自分が生まれた季節を神殿が十歳まで祝ってくれる。要するに、お菓子をもらえるのだ。これに行きたがらない子供はいないだろう。人見知りのレーアでさえ、母のエプロンの陰に隠れてでも行きたがったものだ。

母は最初にトビアに頼もうとしたが、トビアは既に都で役所勤め(づと)を始めていて、春朔は新年祭の仕事で忙しいため無理だった。次にルーベンに頼もうとした母だったが、セヴェーロは一緒に行くならレーアがいいと駄々(だだ)をこねた。おそらく、ルーベンと一緒に行くといじめられると思ったのだろう。

それで、レーアが一緒に行くことになった。当時十三歳。母親は心配そうだったが、レーアも勿論(もちろん)不安だった。弟を可愛がるのと、保護者のように振舞うのとでは責任感が違うからだ。

それでもセヴェーロのためと、レーアは頑張って都の東の神殿までセヴェーロと歩いて行き、末の弟が最後のお菓子をもらう瞬間を見届けたのだった。

そして、いまこのレミニの町で、十歳の誕生季を夏に迎えようとしている少年がいる。神殿に誰かに一緒に行って欲しい少年は、セヴェーロを見上げて答えを待っている。

最後までコジモの願いを聞き終えたセヴェーロは、突然――柔和(にゅうわ)な表情を両手で覆って肩を落とした。

「うう、何で僕……今年の夏朔、仕事入れたんだろう」

食堂の空気が、一瞬にして動揺に包まれた。セヴェーロは喜んでコジモの保護者役を引き受けると、どこか信じきっていた食堂の面々に戦慄が走る。

ちょっとどうするのよという顔でジャンナがコジモを見て、どうしましょうとおろおろしながらレーアもコジモを見て、表情は変わらないもののお酒を飲んでいたウリセスの手も止まる。

ただフィオレだけが、椅子の背もたれからがばっと身体を起こして臨戦態勢を整えていた。いまにも開きそうな彼女の口より早かったのは――

「……俺が行こう」

低いウリセスの声だった。

今度は全員が一斉に、この家の家主に視線を向ける。

「夏朔は休みの予定で家にいる。俺で良ければ一緒に行こう」

コジモはウリセスを見たまま固まってしまった。おそらく、驚きのあまり何も考えられない状態なのだろう。セヴェーロが一緒に行けないことを嘆くより先に、想像もしていなかった男が乱入したからである。

「あ、あの、私も。私も一緒に行っていいでしょうか？」

そんな空気の中、レーアはコジモより先に我に返りながらウリセスの方を見た。冬朔の時に、レーアは夫と一緒に神殿に出かけたことがあった。今度も一緒に行ってもいいはずだ。

しかしウリセスの視線が、物言いたげにレーアの腹を見る。誰がどう見ても妊婦と分かる、彼女のぽっこりしたおなか。

「もう具合が悪くなることもほとんどありませんし、ウリセスも一緒ですし、あの……おなかの子のためにお祈りもしたいのです」

「ダメだ」という言葉が出る前に、レーアは一生懸命、一緒に行きたい気持ちを夫に伝えた。しばらく沈黙した後、ふぅとウリセスが息を吐いて、視線をゆっくりとレーアからコジモに移す。

「俺たちが一緒に行くが、それでいいか？」

子供相手だというのに、いつも通りの口調で告げるウリセス。「俺たち」という言葉にレーアはぱっと顔を輝かせたが、まだ決定ではない。最後の決定権を握っているのはコジモだった。ウリセスが無意識に出している威圧感に、コジモはちょっとびくっと肩を震わせた。

「大丈夫だよ、コジモ」

隣の席からセヴェーロが口を挟む。

「僕の義兄上はね、すっごく強いけど決して乱暴な人じゃないよ。コジモ、君は義兄上に怒鳴られたことがあるかい？」

優しいセヴェーロの問いかけに、細い首がしばらく斜めに傾いた後、横に振られる。

「じゃあ、はい、しゃんとして。義兄上の方を向いて。言う言葉は分かってる？」

少し戸惑った後、コジモはセヴェーロに操られるかのようにウリセスの方を向いた。視線はやや低い位置に向いていたが。

「あの、あの……お願い、しま……す」

「コジモーーー‼　よく言った‼」

最後の「す」がかき消えるほどの音量で吐き出された直後、これまでずっと我慢していてフィオレが、ついに弟に抱きついた。構いたくて構いたくてしょうがなかった思いが、ついに解き放たれてしまったようだ。

「連隊長様、ありがとうございます、弟をお願いします！」

隣の席のコジモの身体をぎゅうぎゅうに抱きしめながら、フィオレは全身から喜びと感謝を伝えた。

「大袈裟よねぇ」

さっきまで一緒に心配していたくせに、ジャンナはあらぬ方を見て、フィオレのはしゃぎっぷりを咎（とが）めるようなことを呟いたのだった。

13　夏の話をした男

「ウリセスが一緒に行ってくださると聞いて嬉しかったです」

夕食の後。寝室に戻り着替えを終えた後、レーアはウリセスにそう話しかけてくる。

ゆったりとした寝巻きを着ても、そのおなかの大きさは隠せない。ウリセスには、日に日に大きくなっていく気がしていた。

「夏朔は休みだったからな」

ウリセスは、レーアが寝台に入ったのを確認してから、下穿（したば）き一枚のいつもの姿で掛布の中に入った。

彼には有能でお節介な補佐官がおり、さして忙しくないところを上手に選び、確実に休みを入れてくる。夏朔のような軍とは無縁の祭りの日などは、補佐官にとって絶好の休暇日和（びより）くらいに思っているだろう。

しかし、基地の人間全員が休みを取るわけにはいかない。最低限の警備業務などのために出勤する者もいる。その中の一人がセヴェーロだ。

そして、出勤する軍人がいれば食事を提供しなければならない。よって食堂で働いている職員も出勤する。それが、フィオレというわけである。

コジモからすれば、姉であるフィオレか兄のように慕っているセヴェーロが同行してくれるのが一番嬉しいのだろうが、残念なことに今年はそのどちらの願いも叶わなかった。

「私がこんな身でなければ、一人ででも一緒に行こうと思ってました」

半身を起こしたまま燭台の火を消そうとしていたウリセスは、レーアのその言葉に思わず振り返った。誤解したわけではない。彼女は、ただ「気持ちの話」をしているだけだ。レーアも食堂で、きっととてももどかしい思いをしたのだろう。それでもどうしても彼は、振り返らずにいられなかっただけである。

「だって……コジモくんはまだ十歳なんですもの」

ウリセスの視線を感じて、布団の中に入った妻は、恥ずかしそうに鼻を隠すほど掛布を持ち上げる。彼女の言葉に、ウリセスは「ああ、そうだな」と低い声で返した。

十歳。

ウリセスは、その年の頃の自分を思い出した。家にいる時は、母よりも祖父がいつも近くにいて、それこそ一挙一動に厳しい視線が突き刺さるようだった。

そんなウリセスの息抜きのひとつが学校だった。学校へ行っている間は、祖父の目から逃れられた。

「いいか、ウリセス。絶対まっすぐ家に帰るなよ」

先に学校に通っていた兄は、通学初日にウリセスへと贈った言葉がそれだった。帰宅すれば、そのまま祖父の監視下に置かれてしまう。兄はそれを少しでも短くするために、これまでずっとわざと時間をつぶして帰っていたという。

もし一緒に学校へ通うウリセスだけが先に帰るようになれば、兄だけが遅い理由を聞かれるかもしれない。ささやかな自由時間を、兄は決して手放したいと思っていないようだった。

それから兄は、外での遊びを山ほどウリセスに教えた。子供たちが普通に遊ぶようなものから、やらないような悪い遊びまで。ウリセスという人間の原型を作ったのは祖父だが、その中身に兄が大きな影響を与えたのは間違いなかった。

冬が誕生季であるウリセスは、寒くなる時期に母と共に神殿に向かった。さすがに祖父は、そんなものについてくるような男ではなかったし、子供のウリセスから取り上げるようなこともなかった。だから、誕生季だけはそれが当たり前だとどこか思っていた。

十歳のウリセスは甘い物が特別大好きというわけではなかったが、気づけばいつも空腹だった。当然だろう。早朝から祖父に剣の稽古をつけられ、学校が終わってまた稽古。家の手伝いの荷運び。ただでさえ成長期の子は、すぐにおなかをすかせる。更に身体を使うことを毎日しているのだから、食べられるものは何でも食べていた。

祖父もまた、将来軍人になるだろうウリセスには立派な身体が必要だと思っていたようで、三度の食事以外に、焼いたイモやパンなどを間食に食べさせた。

きっと父もこうしてあの立派な身体を手に入れたのだろうと、本来軍人になるはずだった父のことを、イモを頬ばりながら思い浮かべたりもした。

要するに十歳というものはまだ、保護者の下で育てられていてしかるべき年齢、ということだ。

ウリセスはコジモと血縁ではないが、奇妙な縁で知り合った。普段はおどおどしていて、ウリセスにほとんどまともにしゃべりかけないはずの子が、それでも自分の誕生季については、これまでに見ないほどの勇気を出した。その勇気をウリセスは汲みたいと思った。

「セヴェーロが来るようになって、コジモくんはよく笑うようになりました……弟の出入りを許可してくださってありがとうございます」

「いい、俺も助かっている……消すぞ」

ウリセスは、妻の感謝の言葉を止める口実として燭台を使った。さっきまで炎に照らされていた部屋が、全て闇に変わる。言葉を止めたレーアが、それでもウリセスの方を見ている気配を感じる。燭台を消すために起こしていた半身を倒し、掛布を引き上げる。

セヴェーロが自発的に家に来るようになったおかげで、家に信用出来る男がいる時間が少しは増える。それは、ウリセスには非常に心強いことだった。

夕食を食べて帰るフィオレとコジモを、セヴェーロは帰るついでに家まで送ってゆく。おかげで最初の頃以来、ウリセスが赤毛の姉弟を送ることはなくなっていた。

一方エルメーテは、姉弟が来る日を上手にずらしている。本人いわく「あまりに大人数になると、ジャンナ嬢の負担が増えますから」というところらしいが、ウリセスはその言葉を額面通りに受け取れなかった。

どうにもエルメーテは、フィオレを苦手としている節がある。ウリセスの目から見ても彼女は生命力に溢れて力強い。生命力に溢れすぎていると言っていいだろう。余った力を外へと向け、無差別に周囲の人や物に激突させる時があった。

エルメーテは、その分け隔(へだ)てのないフィオレの流れ矢に当たることを避けたいと思っているようだ。そう考えてふと、ウリセスはある人間の顔が浮かんで、ふっと笑ってしまった。

「どうなさいました？」

寝室の灯りが消え言葉も消えれば、辺りは静寂(せいじゃく)に包まれる。ウリセスの小さな笑みの息さえもレーアに聞こえてしまうほどに。

「いや、エルメーテが彼女を苦手にしている理由が、少し分かった」

「彼女って、フィオレさん、ですか？」

レーアの問いに言葉が足りなかったことに気づいて、ウリセスは「ああ」と答えた。そして、少し寝心地(ねごこち)の悪かった枕の位置をずらす。

「彼女は……少しルーベンに似ているな」

それを口にすると、同じ口から次は笑いが漏れる。基地内でルーベンを見た瞬間、エルメーテがとても小さな声で「げ」と呟いたのを聞いたことがあった。すぐ何事もなかったかのように取り澄(す)ましたが。

ルーベンもフィオレも、自分のペースで生きている。クセのあるペースだ。そして、良きにつけ悪しきにつけ、周囲を巻き込む力がある。

ただ、フィオレの名誉のために言えば、彼女には本当に悪意はない。そしてルーベンは悪意ではなく意識してやっている。どう言えば相手が嫌がるか、十分熟知している、と言った方がいいか。

連隊長補佐官は、自分の言葉に耳を貸すことのない相手の、乱暴なペースに巻き込まれるのが苦手なのだろう。

「ルーベン兄さんと一緒にされては、フィオレさんが可哀想です」

暗闇から放たれるレーアの声は、とんでもないと言わんばかりだった。彼女にとってルーベンという男は、かなりまずい位置に据えられているのがよく分かる言葉だった。

少なくとも、フィオレはレーアに被害を与えるようなことはしていない。最近の様子を見る限り、妊婦の妻の側にいる時だけはとても緊張しているようだ。それが、マイペースなフィオレなりの誠意なのだろうとウリセスは感じた。いざ手の届く範囲から離れると、いつもの調子に戻るのだが。

「そういえば、夏朔はイレネオの誕生季です。ルーベン兄さんも……」

ルーベンつながりで、兄弟の誕生季まで思い出したのだろう。前半は嬉しそうに、後半は少し引っかかりながら。

「ジャンナも、だな」

新しい季節が来る度に、ウリセスは妻と誰かの誕生季の話をしている気がしていた。

「あ、そうですね、ジャンナもですね。ええと、じゃあ夏朔の日、神殿からそのままコジモくんをうちに呼んで、カボチャ料理でも一緒に食べましょうか。ジャンナとコジモくんのお祝いで」

　そして誕生季を迎える人がいれば、レーアは当然のように相応しい料理を考えるようだ。

「ジャンナもああ見えて、フィオレさんと仲のいい友達になってるんですよ。友達の弟の誕生季のお祝いには、きっと協力してくれると思います」

　ジャンナとフィオレの友人関係が進展しているかどうかは、ウリセスにはよく分からない。ただこの町に来て、同じ年の友人がこれまでいなかったのは確かだ。まったく違う性質の二人だが、仲良くなったのなら良いことだと彼は思った。少なくともフィオレであれば、ジャンナを悪い遊びに連れて行くようなことはないという意味では安心だった。

「……ルーベンとイレネオも呼ぶか？」

　コンテ家の夏季生まれの二人の名前を挙げると、レーアが「いえそれは……」と柔らかい否定の動きを見せた。

「誕生季の料理は実家でもちゃんと作りますし、それにその……」

　レーアの言葉が濁る。

「それに、その……ルーベン兄さんが来たら、きっとコジモくんを泣かせてしまいます」

　濁りの原因は——やはり、コンテ家の次男だった。

14　蝉（せみ）の声を聞いた女

蝉の鳴く夏朔の朝。

妊婦服のワンピースに一枚上着を羽織（はお）る。日差しが強くなっているので、レーアは帽子も用意した。

彼女がゆっくりと支度をしている間に、既にウリセスは準備を終えていた。普段であればそのまま彼女を待っているが、今日は珍しく窓辺にもたれている。

「用意、出来ました」

そう声をかけると、「ああ」とウリセスはそこから離れてレーアの方に歩み寄り、頑丈（がんじょう）な腕を貸す。

二人で階段を下りると、朝食の後片付けを済ませたジャンナと玄関前で出会う。そして、ジャンナはこう言った。

「コジモくんなら、まだ来てないわよ」

フィオレが仕事に行く時に一緒に出るという予定だったので、もう到着してもいい時間だった。何かあったのではないかと、レーアが心配しかけた時——

「ああ、大丈夫だ……」

ウリセスが、不思議なことを言い出す。そのままレーアを玄関の方まで連れて行く。外に出るのかと思いきや、ウリセスは足を止めた。

腕を借りている夫が、それ以上動く気配を見せなかったため、レーアは不思議に思って彼を見上げた。ただまっすぐ、玄関の扉を見る瞳。そこで、ようやくレーアにもピンときた。

きっとコジモはもう、うちに来ているのだ、と。この扉の向こうの方にいて、ドアをノックしようと頑張っていたのだろう。

先ほど着替えをしていた時、何故ウリセスが窓辺にいたのかレーアには分からなかった。だが、窓からは庭が見える。庭から続く道も見える。夫は、そこからコジモが来たかどうか見ていたのだ。自分のゆっくりとした支度の時間を何と有効に使うのかと、レーアはついつい感心してしまった。

そしてついに、おそるおそるといった小さな音で——扉は叩かれた。

フィオレが頻繁(ひんぱん)に勉強しに来るので、コジモも大分この家に来るのにも慣れたのではないかとレーアは思っていたが、決してそうではないのだと気づく。毎回毎回、コジモはノックひとつに一生懸命、勇気を奮い起こしていたのだろう。

そう思うと、ウリセスが玄関の扉を開けたことによりレーアの視界に飛び込んできた、このぺったりした赤毛の少年が、とてもいじらしく思える。洗い立てと思われる清潔なシャツとズボン姿だ。姉のフィオレの頑張りがそこにはあった。

「おはっ、おはっ……」

両手を握り合わせ、言葉を出そうとする度に肩を上下に震わせる。ウリセスを見たらいいのかレーアを見たらいいのか、それともちょっと奥のジャンナを見たらいいのか分からない顔。

「おはよう」

ウリセスが、言葉をきっちりと揃えた。

「おっ、おはよう、ございます」

その声に逆らうことは出来なかったのだろう。コジモが顔をウリセスに向けて、しかし顔を完全に上げきれないまま挨拶をした。

「コジモくん、おはよう」

少年の言葉が出たことにほっとして、レーアも表情を緩めながら労(ねぎら)う意味も込めて柔らかく声をかける。

「おはようございます」

コジモの目が、ウリセスを見るよりは楽であろうレーアの方へとすぐに飛んでくる。そして、ようやくほっと安堵のため息をつくのが見えた。今日一番の大仕事をやり遂げたような表情だ。

しかし、コジモは不意を突かれた。

「おはよ」と、ジャンナも参戦してきたのだ。緩んでしまった肩に慌てて力を込め直して返した挨拶は、「おひゃよう……ございます」と裏返ってしまった。それにジャンナは、クスクスと笑う。コジモはすっかり真っ赤になって、いたたまれないようにモジモジし出してしまった。

そんな少し意地悪なジャンナを置いて、ウリセスが「行くか」と足を踏み出す。

「ジャンナ、戸締まりをお願いね。コジモくん、行きましょうか」

ウリセスのゆるやかな一歩の間に、レーアは後方の義妹と前の少年に声をかける。彼女が夫の左腕を借りて歩き出すと、当然のようにコジモは後ろからついてこようとした。

レーアと歩く時のウリセスは歩調をかなり落としているので、速すぎるというわけでは決してない。おそらくコジモの性格上、そうなってしまうのだろう。

「ウリセス……」とレーアは一度夫に足を止めてもらった。そして彼女は、空いている左手をコジモへと伸ばす。

「一緒に行きましょう」

セヴェーロと一緒に出かけた春朔のことを思い出しながら、レーアはどうしたらいいか分からずに突っ立ったままのコジモの手を取った。両手に花ならぬ両手に騎士という贅沢（ぜいたく）な状態でレーアは歩き出す。ウリセスはそんな彼女をちらと見ただけで、何も言うことはなかった。

こうして黙って歩いているだけでは静か過ぎるのではないかとレーアは心配したが、ありがたいことにそうはならなかった。

蝉が鳴いているせいだ。夏だから当然だ、と言いたいところだが、レーアは蝉の声に違和感を覚えた。都に住んでいた時は、毎年蝉が鳴いていた。しかし、こっちに引っ越してきてから、蝉の記憶がなかった。

「蝉、か」

それは、都生まれのウリセスにとっても奇妙な感覚だったのだろう。怪訝な視線で、木の方へと視線を向ける。

彼が左遷（させん）されてきたのは昨年の春。これで二回目の夏だ。当然、レーアと同じようにこちらの夏が静かなことは知っていただろう。

「都では毎年聞いていましたけど、こちらに引っ越してきてから聞くのは、これが初めてのような気がします」

ウリセスの疑問は至極もっともであることを、レーアはさりげなく補足した。言葉を曖昧にしているのは、その答えを知らないからだ。ただ漠然と、この地域に蝉はいないものと、頭から信じ込んでしまっていた。

「コンテ家が引っ越してきてからということは七年、いや年を越したから八年か。何故今年だけ鳴くのだろうな」というウリセスの疑問に「そうですねえ、何故でしょうねえ」とレーアも首を傾げるが、答えは見つかりそうになかった——かに思われた。

「じゅう……」

レーアの左手を握る力がほんの少し強くなり、それとは反比例するかのように小さな声が聞こえてくる。声というよりは手の感覚に引かれて、レーアは左の方を向いた。

そこには、ぺったりした赤毛の少年コジモがいる。

「コジモくん、蝉のこと知っているの?」

レーアの問いかけに自信なさげな表情を浮かべ、コジモが視線を足元に落とす。

「じゅう……十三年蝉って……今年は、あの、学校で」

うつむいたままではあるが、コジモなりに頑張ったのだろう。本を読むよりもつっかえ

つっかえながらに、彼は何とかそこまで言い切った。

聞き慣れない言葉に、レーアは「十三年蝉？」と疑問交じりに復唱した。ウリセスの方を見上げるが、彼もまた初めて聞くのか、その口を開くことはない。

「十三年に一回だけ、えと、蝉が土から出てきて。前の蝉は、僕があの、その、生まれる前で、僕も初めて」

言葉を生み出すのに苦労しているが、前よりも遥かにコジモはしゃべるようになっている。セヴェーロの頑張りの賜物だった。

それで何となく、彼が言おうとしていることをレーアは理解した。蝉というものは、長い間土の中で暮らしてそれから地上に出てくる。ここまではレーアも聞いたことがあった。

都の蝉は毎年順番に出てくるが、この地域の蝉は十三年に一度まとめて出てくるのだろう。その周期であれば、レーアが蝉の声を聞いたことがなくても合点がいく。ましてや、去年この町に来たばかりのウリセスが知らなくてもおかしくはなかった。

「そうなの、蝉の声を聞くのは十三年に一回なのね」

レーアがコジモの言葉を綺麗に整えると、少年はこくこくと頷く。

「ああ、それか」と、ウリセスが言った。何か心当たりがあったようだ。夫の話では、夏の行事の中に「十三年祭」という文字があったという。去年はなかったその行事は、あくまで町の小さなお祭りで、警備以外では軍に関わりはないのだそうだ。

「あの……」

またレーアの左手がきゅっと握られて、彼女はコジモの方を向いた。コジモはレーアの顔ではなく丸く膨らんだおなかを見ていた。

「赤ちゃん……秋……生まれるん、だ、よね？」

さっきまで蝉の話をしていたというのに、コジモは今度はおなかの中の子供の話にとんだ。とっさに話についていけなかったレーアだが、質問そのものは間違っていないので「そうよ」と答える。

コジモは少し考えるような顔をした後。

こう、言った。

「じゃあ、赤ちゃん……『蝉男（せみおとこ）』か『蝉女（せみおんな）』」

あまりに聞きなれない言葉がコジモの口から出てきて——レーアは聞き間違いかと己の耳を疑ったのだった。

15　子供について考えた男

夏朔の神殿の中はとても暑い。

ただでさえ気温が上がっているというのに、そこに元気な子供たちが大勢いる。彼らは大人の二倍、熱を放っているようにウリセスには思えた。

神殿の扉や窓は開け放たれ、新しい空気に入れ替えられてはいるものの、外から聞こえてくる蝉の声も加算され、じっとりと服の下から汗が出てくるのをウリセスは感じていた。

そんな暑さにあてられたわけではないだろうが、一番通路側に座ったコジモは神官の説教もそこそこに、さっきから赤い顔をして落ち着かない素振りでソワソワしている。子供たちの心を奪っているのは、何よりお菓子。その気持ちは、大人しいコジモでも変わりないようだと、ウリセスは少し感心しながら横目で見ていた。

自分が大人になり子供と触れ合う機会がめっきり減っていたことを、この少年を前にすると強く自覚する。仕事場に行けば若い軍人はいくらでもいるし、町を歩けば少年少女とすれ違いもする。

しかし、若い軍人はいくら子供っぽいところがあったとしても本当に子供ではないし、すれ違う子供たちはウリセスとは無縁だ。妹のジャンナともまた違う、ただの子供であるコジモと、彼は少し近づこうとしている自分に気がついた。

子供たちのひそひそ声を隠すように鳴く蝉と、夏の風と穏やかな神官の説教が流れる神殿。

その中で、ウリセスが考えているのは——自分の子供のことだった。ついに夏が来た。もう次の季節には生まれるだろう。ちらりと隣のレーアを見ると、祈っているのか軽くうつむいて目を閉じている。

無事生まれればいい、の次に来るのは、無事育てばいい、だ。ただ、何もせずに育つはずはない。乳をやりおしめを替え、世話をして寝かしつけてまた乳をやり。自分で動きまわれるようになっても、食事をさせ世話をして寝かしつける。そして、十年育ててようやくコジモと同じ年になる。

そう考えると、ウリセスには子供というものが途方もなく時間のかかる存在に思えた。十年前のウリセスと言えば、士官学校を卒業して軍人になったばかりだった。そして彼はいま、まだ自分の十年後を思い描けていない。

そんなウリセスの前に、十年という塊(かたまり)で出来たコジモがいる。まだか弱く、彼が怒鳴りでもしようものなら、二度と近づいてこなくなりそうな少年。

　コジモを生まれくる自分の子と重ねて考えていたウリセスは、説教が終わった瞬間に我に返った。「わぁ」と小さな歓声をあげて、気の早い子供が席から通路に飛び出したからだ。レーアもその声に驚いたようにぱちっと目を開ける。

　コジモは、もう行っていいのかまだダメなのか分からずに、飛び出した子供とその他子供たちをきょろきょろと見ている。コジモが出遅れている間に、子供たちはどんどん通路に列を作る。

　コジモが、どうしようという目でこっちを見た。「行ってらっしゃい」とレーアが優しく声をかける。ウリセスも頷いて見せると、少年はそぉっと席を立って列の一番後ろに加わった。

　それからのコジモと言えば。少し列が進むたびに、ウリセスたちの方を振り返った。置いて帰られる心配をしているのか、自分が戻る場所を間違う心配をしているのか。お菓子が自分の前でなくなる心配もあるようで、背伸びして前の方を見ようともしていた。

　それにつられて、レーアもまた落ち着かなくコジモを見ていた。神官に対してちゃんと名乗れるか、お菓子を受け取れるか、おそらく心配しているとしたらその辺りだろう。

　お菓子をもらえる最後の年。さすがにもう、その心配はコジモに対して失礼だと思っていたウリセスだったが、少年がお菓子の袋を抱えて戻って来た姿を見て、我知らず安堵の吐息(といき)をもらした。

神殿からの帰り道。

朝より日差しは強くなっていた。行きと同じように、レーアを真ん中で挟んでウリセスとコジモは歩く。

レーアはつばの広い帽子をかぶっているので、ウリセスの目の高さからは顔がよく見えない。ただ、時折見上げる動きで緑の目がちらちらと見え隠れする。

「コジモくんは、蝉のお祭りは初めてなのよね」

手をつないでいない方の手でお菓子の袋を大事そうに抱えたコジモは、レーアの問いかけにこくこくと頷く。

「十三年おきのお祭りって、すごく特別な感じがするわね。今年が終わったら、また十三年後だもの……コジモくんは、次の蝉の年はいくつになるか分かる？」

最近、フィオレ相手に文字や計算を教えているせいか、レーアはどことなく先生のような問いかけをコジモにした。突然の質問にちょっと驚いた顔をした後、コジモが答えた。

「二十三……」

次の瞬間、ウリセスは思わず少年へと視線を向けていた。そこに二十三歳のコジモはいない。いるのは十歳のコジモだ。しかし、生きている限りその日は必ず来る。次の蝉が鳴けば、この子はもう誰が見ても立派な青年になっているだろう。

そして次の蝉が鳴く時には、ウリセスの子は十三歳。秋生まれになるこの子は、ウリセスがまだこの町にいる限り、十三年後に生まれて初めて蝉の声を聞くことになる。

コジモより大きくなった子と、大人になったコジモ。ウリセスには、まだどちらも想像はつかないが、どことなく大丈夫な気がしてきた。蝉が一回巡れば、その日はきっとやってくるのだから。

昼頃に家に帰り着くと、「おかえりなさい」と自慢げな顔のジャンナが迎え入れた。ウリセスは分かった。この顔は、自分の作った料理に自信がある時の顔だ、と。

「カボチャのスープに、カボチャの蒸しパンよ。パイは……来年挑戦するわ」

言葉の最後のあたりは曖昧にしながら、ジャンナがさあさあと食堂にコジモを引っ張ってゆく。ウリセスとレーアはすっかり置いてけぼりだ。玄関に残された二人は顔を見合わせてちょっと笑った後、食堂に向かって歩き出す。

「誕生季おめでとう」

びっくり顔のコジモを席に着かせ、肩をぽんぽんと叩いた後、今日のジャンナは彼の隣に座る。お菓子の袋を膝の上に載せて椅子に座った少年は、並ぶ料理に目を奪われていた。

オレンジ色のスープと蒸しパンからは、うっすらと甘い匂いが立ち上っている。空腹な時間にこれは、コジモも我慢するのがつらいだろう。レーアを席に着かせウリセス自身も座った後、あまり間を置かずに「食べてくれ」と我慢の縄を解いた。

それでもコジモはおそるおそる、蒸しパンに手を伸ばす。生地の間からカボチャの実がところどころ飛び出しているそれを両手で握って、宝石みたいなものを見る目になる。

「ほら、食べてよ」

あんまり見られるのは恥ずかしそうに、ジャンナがコジモを促す。ぱくりと小さな口が、パンにかぶりついた。もぐもぐと噛み締めるたびに、コジモの目が閉じたり開いたりする。ごくりと、その細い喉が呑み込むまで、大人たちはみな自分の食事も始めずにコジモを見ていた。

「あ……お、おい……おいしー」

それは、十歳の少年の心からの賞賛だった。その賞賛をほしいままにしたジャンナは「でしょでしょ」と更に上機嫌になる。レーアはほっと表情を緩めて二人を見て、それから嬉しそうな視線をウリセスにも向けた。

そんな妻に、分かったという答えをまぶたの動きだけで返し、彼もまたパンを掴んだ。

「蒸しパンいっぱい作ったから、おみやげに持って帰ってね。フィオレだって食べたいって言いそうだし」

一生懸命蒸しパンを頬ばるコジモに、ジャンナが浮かれた声で語りかける。口をもぐもぐさせながら、少年はこくこくと頷いた。

「涼(すず)しいところに置いておいてね。もう夏だから」と、レーアが少し心配そうにコジモに語りかけるものだから、少年は首を隣に向けたり食卓の向こうに向けたり忙しそうだった。

「あら、フィオレならおなかなんか壊さないでしょ」

ジャンナは意地悪な笑みを浮かべて、レーアの発言を茶化す。すっかり気心の知れた女友達に対しての軽口なのだろうが、半分くらいは本気で思っているのではないだろうか。

フィオレが腹痛で動けなくなった姿だけは、どうしてかウリセスも想像出来なかった。

「ジャンナ……」と、レーアが困った顔で諫(いさ)めて来たので、彼もまたいま自分の頭に浮かんだ考えを追い払って食事を続けることにした。

野菜の中でも、カボチャというのはサツマイモと並んで甘い部類に入る。蒸しパンはウリセスにしてみれば、非常に甘く感じられた。子供の口には、それがおいしく感じられるのだろう。スープもいつもよりざらっとした食感だ。蒸しパンより甘さは控えめではあるものの、やはりいつもと比べるとかなり甘く感じられる。

「おいしいわ、ジャンナ」「そうなの、自信作なの」と女性二人が笑みを浮かべているところを見ると、子供だけではなく女性にも好まれる味らしい。

この食堂の中では、唯一仲間はずれの舌を持つウリセスは、しかし男は食事に文句をつけてはならないという祖父の教えが染み付いているため、黙って最後まで食べ終えたのだった。

きっと今頃自分の腹の中は、オレンジ色に染まっているのだろうと思いながら——

16　暑い夏を迎える男

「コジモくん、喜んでましたね」

今日は明るい一日だったと、ウリセスの記憶に残った。初夏らしい日差しと蝉の声。子供の姿とカボチャの料理。まさにオレンジ色の似合う一日だと言っていいだろう。

レーアも、神殿まで往復したものの身体には問題ないようで、夕食後に寝室へ戻った後も声を弾ませつつ着替えを始める。すっかり日が長くなり、夕食が終わってなお夕日がかすかに残っているせいか、夜更かしの蝉が少しばかり鳴いていた。

「そうだな」とレーアの話に相槌を打つウリセスは、頭の中で蝉のことを考えていた。コジモが言った「蝉男」と「蝉女」の話である。

しどろもどろの少年が説明するには、この町では蝉の鳴く年に生まれた人のことを、そう呼ぶという。

蝉のお祭りである「十三年祭」の日、蝉年生まれの人間は目印をつけて町を歩く。女は茶色い大きなハンカチを髪に結び、男は頭に結ぶ。蝉男や蝉女を見つけると、人は肩をぽんと叩く。ただし、蝉女に触っていいのは女だけだし、蝉男に触っていいのは男だけだ。蝉は、この地では幸運を運んでくる象徴として扱われていて、蝉男や蝉女に触れることにより幸運のおすそ分けをしてもらえるという。

ということは、ウリセスの子が十三歳になる年には、町中の人に肩を叩かれることになるのだろう。

そこまで考えた時、「あ」とレーアが妙な声をあげたため、ウリセスは思考を現実へと引き戻した。着替えを終えたレーアが、どうしましょうという顔でウリセスを振り返っていた。

「あの、ウリセス……」

レーアは落ち着かない目の動きと心配そうな口調でこう言った。

「あの……蝉男が、一人、いるのですが」

言葉が細切れになって彼女の口から落ちてゆく。何をそんなに言いにくいのかと思いつつ、ふとその言葉の意味を考えた。

蝉年生まれということは、〇歳から始まって十三歳か二十六歳か三十九歳、もっといけば五十二歳。さらにその上の年齢は、とウリセスは頭の中で十三を順番に足していった。しかし、さすがにそれ以上の知り合いがいるとは思えず、彼は足し算をやめる。誰がいただろうかと、更に思考を巡らせたところで、レーアから次の言葉が出た。

「ルーベン兄さんです……」

彼女の言葉の後に、微妙な間が生まれた。答えはコンテ家の問題児ルーベン＝コンテ。夏季生まれとまでは聞いたが、蝉男のおまけまでついていた。

「そ、そうか」

だが、レーアがどうしてそんなに心配そうなのかまで、ウリセスは思い至らなかった。蝉男は男たちに触られる側だ。せいぜい起きそうなトラブルと言えば、ケンカくらいのものだろう。勿論、それだって良いことではないのだが。

「あ、あの、ウリセスからも言ってくださいね……女の人に触っては駄目だと」

都育ちのルーベンにとっても初めての十三年祭。勿論、周囲から祭りの内容は聞かされるだろうが、知らぬふりをしてよからぬことをしでかすのではないかと、レーアは心配している。

妊娠中に妙な心配をする妻に「気にするな」とは言えず、「分かった、言っておこう」と答える。そうすると、レーアはほっと安堵の表情を浮かべた。ウリセスに任せておけば大丈夫だと、信用してくれているのだろう。

突然、責任重大の案件になってしまったことにウリセスは気づいた。


「それなら大丈夫ですよ」

翌朝の連隊長室。いつものように始業前に書類の仕分けをしていたエルメーテは、その手を止めて面白そうに笑った。ルーベンが、とは言わず、過去にそういう問題は警備に上がってきていないのか、という質問に対しての返事だった。

「二十六歳の蝉女なんて、よほどのことがない限り人妻ですからね。大抵は変な男が寄ってこないようにご主人が一緒についてますよ。十三歳は、家にもよりますが父親と一緒の場合が多いようです」

三十九歳の女性はまあご主人次第ですと、エルメーテは少し含みを持たせた笑みで続ける。やはりどこの家でも、若い女性のことは心配なのだろう。

自分の席に腰を下ろしたばかりのウリセスは、その明快な説明になるほどと納得した。

帰ったらレーアにそう伝えて、安心させればいいとウリセスが軽く頷いた直後――

「だから、コンテ小隊長の心配はなさらなくて大丈夫だと思います」

エルメーテは、言葉のナイフですぱっとウリセスを斬った。あえて誰の話かは避けていたというのに、見事な推察力である。

「そうか……苦手な人間のことは、特によく分かるようだな」

ウリセスにしてみれば珍しく、皮肉を言った。苦手な相手だからこそ、エルメーテはより注意しているように見える。フィオレがウリセスの家に来る時をとても上手に避けるのもまた、そのひとつだ。

「それは誰でもそうでしょう？　自分の予定を狂わせそうな人間が近づく時は、より注意をするものです」

しかし舌戦にかけては、補佐官の方が一枚も二枚も上だった。自分だけではないという一般論の中に紛れ込ませてしまう。無駄な皮肉だったなと、ウリセスはそれ以上言うのをやめて、自分の席に置かれている一枚目の書類に手を伸ばした。

それは、毎年恒例の会計監査官が、中央からこの基地にやってくるという報告書だった。

ああ、夏はそんな時期だったなと、ウリセスは承認のサインをしかけて手を止めた。

待て、と。

何故この書類が一番上にあったのか。ウリセスは、それを考えなければならなかった。

朝の一枚目は、エルメーテの見立てでは最重要書類である。だからウリセスも全文にきっちり目を通した。しかし、妙なところはない。去年も来た書類の文面から日付の部分が多少変わっているくらいしか思い出せないほどの、何の変哲もない書類。

しかし、補佐官はこれを最重要書類にした。

「エルメーテ……」

書類を持ち上げながら、ウリセスは補佐官を呼んだ。

「会計監査の書類だが」と続けると、エルメーテは補佐官席に座ったままにこりと笑った。

「気づいていただけて恐縮です、連隊長閣下。毎夏恒例の会計監査の時期がやって参ります」

笑顔ではあるが、言葉には引っかかりを覚える。「どういう意味か」と問うと、今度は困ったような笑みに変わる。

「僭越ながら連隊長閣下は、自分の人生を狂わせそうな人間が近づく時に、もう少し注意されるべきだと思います」

その笑みの陰から流れ出る言葉が皮肉だと理解出来たのは、エルメーテが付け足した次の言葉によってだった。

「会計監査官が去年と同じ人間であれば、それは間違いなく連隊長閣下を嫌悪する人間の息がかかってます」

監査官は都からやってくる。仕事の重みだけではなく、彼を嫌う貴族の嫌悪も一緒に背負って。ウリセスが注意すべきものは、蝉より会計監査であるとエルメーテは言っているのだ。それを自覚させるために、補佐官は書類を一番上に置いたに違いない。

ウリセスはため息をついた。エルメーテが言うように、ウリセスは他人が自分に向ける悪意に疎いところがある。しかし、その悪意が必ずしも自分にだけ向けられるものではないことは、都にいる間から十分知っていた。

幸いにも都では悪友のガストーネがいた。そして、ここでは補佐官のエルメーテがいる。それがウリセスの幸運と言えよう。

「そうか……準備がいるか？」

「はい」

エルメーテは、別の紙を持って席を立った。最初から用意していたのだろうが、それは書類と一緒にウリセスの席に置かれてはいなかった。一枚目の意味も気づかずにウリセスがサインしていたならば、その紙は果たして出てきただろうか。

連隊長補佐官に試されている気がして、ウリセスは身が引き締まる思いだった。

暑い夏が始まる。

蝉の声と会計監査の試練の夏だ。これを越えれば会えるだろう我が子のことを一度胸にしまって、ウリセスは仕事に励(はげ)むのだった。

17　返事を引き延ばした男

ついに夏の会計監査が始まった。

と言っても、去年と同じ担当の年配の監査官はウリセスを大変苦手としているらしく、最初の挨拶にちらと顔を出して以降、まったく姿を見ることはない。

会議室に帳簿や資料を広げて、監査官が連れてきた部下たちが作業を始めていることを、ウリセスは知っている。監査官本人はそんな部下の監督をしつつも、副連隊長室にいりびたっているようだ。

「マルケッティです、入ってよろしいでしょうか」

そんな中、連隊長室を低い声とともにノックする人間がいた。「どうぞ」と、エルメーテが表情を曇らせつつ許可を出す。

扉が開くと、若い男が帳簿を手に立っている。このあたりではほとんど見ない明るい銀髪と、それとは対照的な細く暗いこげ茶の目。若いのだろうが、陰のある表情が彼をもっと年上に見せている。

監査官が副官として連れてきた、パトリツィオ＝マルケッティという男だ。

ウリセスは最初に彼を見た時、戦闘訓練を十分に積んだ男だと感じた。安定した体幹で制御された静かな歩き方。厚みのある手。軍服に包まれた身体はそれほどがっちりには見えないが、おそらく相当鍛えているだろうと見立てていた。

逆に言えば、会計科にいる人間としては少しばかり不似合いだということでもあった。

そんなパトリツィオは、たびたび連隊長室へ帳簿について質問に訪れていた。不明点の確認のためだ。職務上当然なことで、毎回彼が訪れるのも別に不自然なことではない。他の人間は、みなウリセスに近づきたくないのだろう。

だが、ウリセス自身が応対することはまずない。すぐに立ち上がったエルメーテの姿をちらりと見て、ウリセスは目を細めた。先日の、補佐官とのやり取りを思い出したせい

だった。

「連隊長閣下……実は僕、文通をしているんです」

それは、唐突な告白だった。

少なくとも、直前までどう夏の監査を問題なく終えるかという打ち合わせをしていた流れから出てくる話題ではない。

ウリセスは相槌も打たずに、補佐官の次の言葉を待った。一見不自然な流れから正しい方向に話をつなげる相手であることを、ウリセスはよく知っていた。

人に話を聞かれないために、窓を閉めた夕暮れの連隊長室。日が長いためまだまだ十分に明るい。じっとりとした暑さと蝉の声が届く室内で、男二人応接用のソファの両側に座って、色気のない顔を突き合わせている。

「文通相手の名前は……ベルニさんです」

エルメーテの口から出てきた人物の名に、ウリセスは思わず眉間に険しい皺を刻んだ。

やはりつながっていたか、と。

ガストーネ＝ベルニ。昨冬この町にやってきた、軍人にしてウリセスの悪友の名だ。貧民街の出身で暗い情報を得ることに長けているガストーネは、表面上はニヤついた女好きだが、利用出来るものは何でも利用するし、不要ものはばっさりと切り捨てる。よほど腹を据えて付き合う気でなければ持て余す癖の強い男だ。

その悪友と、エルメーテが知らない間につながっていた。いや、意識の隅ではどこか分かっていた。補佐官は有用な情報を得られるガストーネを、みすみす見逃す性格ではない。たとえ相手が猛獣だと分かっていても、噛まれないようにうまく距離を取るだろう。

実際、都とレミニの町の遠い距離があったからこそ、エルメーテはガストーネと付き合えている。酒と女が絡む時のガストーネは、どう考えても補佐官が苦手なタイプだった。

「分かった」

ウリセスは悪友の名が出たことで、文通と監査官の話がすぐにつながった。ガストーネが、何か情報を寄越したに違いない、と。

「こちらに来る監査官は去年と同じ男だそうです。ただ……」

エルメーテは、言葉を一度切った。

「ただ……得体の知れない男が一人来るかもしれない、と」

それは妙な言葉だった。単純にウリセスを目の敵にしている貴族の手下だというのならば、ガストーネはそんな書き方はしないだろう。

悪友の手紙に名前のあった得体の知れない男こそ、いままさにエルメーテが扉の前で応対しているパトリツィオだった。

実は、彼の本当の所属は既に手紙により分かっていた。「諜報部」――情報収集・分析の専門家である。諜報部の人間が、監査官の副官に据えられることは考えにくい。明らかに別の目的を持って、この地に来ているということだった。本当の狙いは、ガストーネでさえ掴み切れていない。

彼こそが今回の監査で、ウリセスとエルメーテが一番用心しなければならない相手である。ただ、パトリツィオの目的がウリセス絡みであることは、おそらく間違いがないと思われた。こうして帳簿を片手にエルメーテと話をしながらも、彼は言葉とは違うことを頭の中で思いめぐらせているのだろう。

彼は細い目の隙間から、周囲を観察している。ウリセスの呼吸音さえ、その耳は拾おうとしているのではないかという息苦しさを、ウリセスは感じていた。

「それは、会計科の資料とつき合わせてみないと分かりかねます」

なまじエルメーテが有能なことも、パトリツィオが連隊長室に来るいい口実になっている。帳簿のどの部分がどの資料と合致しているか、しっかりと把握していることは、これまでの二人のやりとりでウリセスにも伝わっていた。

監査が入る前に、エルメーテは会計科にこもっていた。監査を受ける資料をきちんと整え、相手方に攻撃の口実を与えないためである。

監査官が到着する前日まで、補佐官は目の下にクマを作っていた。有能で働き者の部下を持つと、気苦労が確実にひとつは減る。少なくとも、監査内容に関してはウリセスは何の心配もせずにすむからだ。ウリセスが出来る仕事は、会計帳簿の中にはなかった。

彼の仕事があるとしたら――

「その資料を閲覧させていただきたいのですが」

「分かりました。会計科まで……取りに行きますので、しばしお待ちいただけますか？」

エルメーテの言葉が、一瞬淀んだ。

これまで、パトリツィオは完全に副官としての態度を貫き通し続けていた。最初の挨拶以外、ウリセスに話しかけることもなく、エルメーテとばかり話をしてきた。

だが、このままではパトリツィオの皮をはぐことは出来ない。少なくともエルメーテは、その皮を自分でははげない、と感じたのだろう。

だから、補佐官はパトリツィオをここに残していく方針に変更したようだ。「申し訳ありませんが、かけてお待ちください」と応接用の席を勧め、ウリセスにいつもと変わらない会釈をして、この部屋を出て行く。

そして——ウリセスは、パトリツィオと二人きりになった。

「……」

「……」

静かなようで静かではなかった。ウリセスは決裁書類を読み込んでいたし、向こうもソファに掛けた状態で話しかけることもしない。それなのに静かではない理由は、開け放たれた窓からジーっという数多くの十三年蝉の鳴き声が響き渡っていたせいである。

「蝉はいつ息を吸ってるの」というコジモの質問に、セヴェーロは答えが分からずに返答に四苦八苦(しくはっく)していた。それほど途切れることなく蝉は鳴き続けている。実際は、時折途切れているのだろう。しかし、それに気づかないほどの数が、この地域を覆っているということだ。

蝉の声とぬるい風の流れる込む部屋で、ウリセスはこのまま何の会話も交わされることなくエルメーテが戻ってくるのではないかと思い始めた。

「……連隊長閣下は」

だが、ついにパトリツィオはそう切り出してきた。

「お仕事中、申し訳ありません。連隊長閣下は、大変剣の腕がお強いと伺(うかが)いました」と、言い直しつつ伝えられた言葉に、ウリセスは顔を上げた。愛想笑いのかけらもないパトリツィオの顔が、彼の方を向いている。おそらくわざと言い直したのだろうと、ウリセスは思った。

「連隊長」の名を最初に言葉にすれば、ウリセスは必然的に彼の言葉に耳を傾けることになる。他の仕事をしている相手に、聞き直しをさせない手段としてはよい方法だ。

「それが仕事だ」

ウリセスはゆっくりと、彼の問いに答えた。上官とは、部下に目標とされるような男でなければならないという信条が、彼にそう答えさせた。

「そうですか」

話が途切れると、蝉の声がその沈黙を塗りつぶしていく。しかし、今度の沈黙は長くはなかった。

「監査の仕事で来ているので、非常にお願いしづらいのですが……」

パトリツィオの声が、今度は蝉の声を塗りつぶす。

「お時間のある時に一度、小官とお手合わせ願えないでしょうか?」

それは、ウリセスが想像していなかった言葉だった。もしもガストーネの手紙がなく、「得体の知れない」という言葉を耳にすることがなかったならば、ウリセスはもっと穿(うが)った見方をしただろう。訓練を装ってウリセスに怪我をさせる、最悪の場合死に至らしめる可能性だ。

ウリセスは、確かに剣の腕が立つ。しかし最強と驕ってはいない。相手が特殊な手段に出た場合は、手傷を負うこともあるだろう。刃に毒が塗られていないとも限らない。

しかし、それらの可能性を踏まえても、この得体の知れない男と剣を交えることはウリセスにとっては意義のあるように感じられた。剣は言葉の代わりになることがある。卑怯な性質であれば卑怯な剣を使うし、まっすぐな性質はやはりそのまま剣に出る。この男が、一体どういう人間であるかを肌で知るためには、剣が最上の方策だとウリセスは感じてしまった。

ウリセスは書類を持ったまま、短い間でそれらのことを考えた。蝉の声が押し寄せてくるが、それは耳には入っていなかった。

そして、パトリツィオに対してウリセスはこう答えた。

「その時間が作れるようなら……相手をしよう」

それは、限りなく「はい」に近い形での返事の延期。こんな話術をいつの間にか身に着けていたことに、ウリセスは自分でも不思議に思った。

その少し後、ウリセスは「ああ」と納得することになる。

「お待たせしました」

いつも身近にいる話術の見本市のような男が、この部屋に戻ってきたからだ。

18　ひざまずいた男

ウリセスと手合わせを望んだパトリツィオの件は、ウリセスとエルメーテとの間で速やかに情報共有され、その意図について話し合いが持たれた。

補佐官が最悪だと考えている事態は、パトリツィオが直接ウリセスを傷つけることだった。剣の腕の良し悪しという話ではなく、剣先に猛毒が塗られているなどの可能性が、エルメーテの表情を曇らせる。

しかし話し合いの最後には、補佐官は笑みを浮かべていた。納得のゆく結論が出た顔だった。エルメーテが明日には告知をしましょうと告げて、その日の仕事は終わりとなった。

「……おかえりなさい、ウリセス」

「ただいま帰りました」

自宅に帰りついたウリセスは、少し遅れて出迎えた妻に軽く視線で応えた後、顔を左の方へと向けて丁寧な帰宅の挨拶を行った。

「ウ、ウ、ウリセスくん、おかえり」

玄関から見て左にあるのは、応接室と客間。レーアと同じくらいゆっくりとそこから出てきたのは、名前を呼ぶのを非常に苦労している年配の男性。レーアの父のコンテ氏だ。彼は、しばらくこの家に泊まることになっていた。

同じ町に自宅を持つ彼が、いまアロ家に泊まっているのは、監査官がこの町に滞在しているためである。得体の知れない男が来る情報を事前に手に入れたウリセスは、身重の妻と嫁入り前の妹のいる家を守る必要があった。

しかし、彼が仕事を休み続けるわけにもいかない。義兄弟たちに毎日昼間にこの家にいてもらうわけにもいかない。どうするのが一番よいのかウリセスが頭を痛めていたところ、コンテ家の三男イレネオがこう言った。

「うちの父さんでよければ、いつでも貸しますよ？」

それは、思いもよらない提案だった。戦場で足を悪くしてはいるが、コンテ氏は元軍人だ。そんな男に家にいてもらえるなら非常に安心だと、ウリセスには思えた。

レーアに確認を取り、ウリセスは自らコンテ家を訪れて、義父に家に来てもらえないかと頼んだ。その時にコンテ氏が「命に代えてもお守りします！」と軍人魂を燃え上がらせてしまったために、ウリセスは根気よく説得しなければならなかった。

これは、上官から部下への命令ではなく、息子から義理の父への頼みであることをようやく理解したコンテ氏は、今度は別の意味で「命に代えても！」と舞い上がった。

「どっちでも一緒だよなあ」と、同席していたイレネオがおかしそうに笑い、ウリセスも苦笑いするしかなかった。

そんな浮かれたコンテ氏にとっての一番の難関（なんかん）は、ウリセスを名前で呼ぶことだった。上官として呼ぶことは出来ても義息子（むすこ）として呼ぶことに慣れていない彼は、ウリセスの名を一生懸命呼ぼうとするものの、どうしてもうまくいかないようだ。

その現象に、ウリセスは少し前の妻を思い出した。結婚してまだ一年たっていないが、最初の頃のレーアも、夫の名を呼ぶ時に緊張していた。こういうところは父親とそっくりなのだなと、妙なところで感心する。どうしても呼び捨てには出来なかったのか、「ウリセスくん」というところで落ち着いているようだ。

そんな経緯があり、現在アロ家にはレーアの父親がいる。仕事道具も持ち込んでいるので、昼間は玄関の近くで木彫（きぼ）りをしているという。

「わしは足が悪くて、部屋で仕事していてはすぐに駆けつけることが出来ないですからな」と説明された時、ウリセスは本当にありがたいことだと思った。

彼が帰宅する頃には、玄関には木屑ひとつ落ちてはいない。最初に広い布を床に敷き、その上に置いた椅子でコンテ氏は仕事をする。終われば布をたたんでまとめて木屑を捨てる。家でもそうしていたようで、意外と掃除は楽なんですよとレーアは笑っていた。

「買い物も行かなくていいから、すごく楽だわ。外は暑いし日焼けしちゃうし」

夕食の席で、ジャンナが嬉しそうに語る。監査官が来ている間、食材はエルメーテを通じて信用のある店から配達をしてもらっている。値段は上がるものの、買いたいものを頼んでおけば重くても運んでもらえることが助かるのか、ジャンナは上機嫌だ。

「ここの夕食は、うちのと違って味がはっきりしていてうまいですなあ」

コンテ氏は、ジャンナの料理がお気に召したようで、彩り豊かな夏野菜を口に運んでいる。茄子とパプリカとチーズの炒め物だと、ジャンナは鼻高々に説明した。香ばしく鮮やかな色の組み合わせは、いかにも妹が好きそうだとウリセスも思った。

ウリセスはその食事にレーアの影を感じることはなかった。どちらかと言うとエルメーテの影が見えた気がした。正確に言えば、エルメーテの妹のエリデに習った料理なのだろう。

　昔の自分からは考えられない思考だった。食事とは丈夫な身体を維持するための行為に過ぎなかったウリセスは、いつの間にか皿の上に家族の顔が見えるようになっていた。

「義父上、一杯いかがですか？」

　ただジャンナの料理は、おかずよりは酒の肴に近い。それはコンテ氏も十分に感じていることだろう。ウリセスの申し出に、彼は思わず反射的に「おお」と答えて「ああいや」と恥ずかしそうに顔を赤らめたのだった。


「このおなかのおかげか、父もびっくりするくらい優しいです」

　寝室に戻った後、レーアは少し嬉しそうにそうウリセスに告げた。ウリセスの子に何かあってはならないと、義父も気を遣っているようだ。

「しばらく苦労をかける」

　着替えを終えたレーアが、寝台に腰掛けてふぅと大きな息を吐く。常におなかに大荷物を抱えて歩いているために、身体に負担がかかっているに違いない。更にいつもと違う環境は、精神的に負担にもなっているはずだ。

　服を脱ぎ下穿き一枚になったウリセスは、すぐに寝台にもぐりこまず、そんな妻の座っている背中を見た。

「いえ、本当に父がいてくれるのは心強いです。セヴェーロも毎日寄ってくれますし」

監査官が来てから変わったことの中には、赤毛の姉弟も含まれていた。監査官が帰るまでフィオレの勉強は休みにしている。彼ら姉弟を危険にさらさないためだ。

フィオレは食事にありつけないことが残念そうだったが、コジモはセヴェーロに会えないことが残念そうだった。コジモが来ないならば、当然セヴェーロも来ない、はずだった。

しかし、コンテ家の末弟は朝か夕方に家に立ち寄っている。父親の御用聞きという役目があったからだ。仕事に必要なものを届けたり、出来上がった商品を運んで行ったりしている。

行動を変えたのはセヴェーロだけではなかった。イレネオは仕事が終わるとまっすぐエルメーテの家の料理屋に行く。レーアの母がそこで働いていて、イレネオは母と一緒に帰るようにしている。自宅に父親が不在のいま、母を一人にしないためだ。ただ、その時にいろいろ店からおすそ分けをもらえるらしく、一番の目的は母であることは間違いないが、二番目に別の目的があることを、家族はみな気づいている。

「家ではルー兄さんが家長の顔をしてふんぞりかえってます」とセヴェーロは言って、ウリセスの笑いを誘った。父親の代わりに家で飲んだくれていると付け足されて苦笑に変わったが。ルーベンもまた、外で飲む機会を減らしたようだ。

「身体は大丈夫か？」と、ウリセスは話をゆるやかに妻の身体へと戻した。細身だったレーアからすれば、いまの状態はおなかが重くてしょうがないのではないかと、男として素朴な疑問が浮かぶ。

「はい、少し足が痛いくらいです」

しかし、レーアが困っている点は違う部分だった。足の方に来るのかと、ウリセスは寝台に座る彼女の前に回って膝をついた。

「ウリセス？」

寝巻きの裾から少しだけ見えている足に手を伸ばす。「あの、その」と慌てた声が上から聞こえる。妊娠で多少肉は増えたが、彼女の足はウリセスからするととても頼りなく感じる。そのふくらはぎは、触れて分かるほどに張っていた。確かにこれでは足が痛いだろう。

ウリセスが軽くふくらはぎをさする。夏ということもあってか、彼女の足はとても温かだ。そして顔の側には妻の大きなおなかがある。この温もりはウリセスにとって、幸福の塊のように思えた。結婚するまで決して知ることのなかった、言葉にしがたい感覚。

しかしその感覚は、妻の手によってさえぎられた。ウリセスの顔の側に差し出された手が、「もういいです、もう大丈夫ですから」と恥ずかしくてしょうがない動きで夫を遠ざけようとしたのだ。

はっと我に返ったウリセスは、手を放して立ち上がった。よく考えるまでもなく、下穿き一枚の格好で女性の前にひざまずいて足を撫でるという状況は、とても人に見せられるようなものではなかった。エルメーテでさえ驚いて二度見してしまうだろう。

妻は顔を赤らめて頬を押さえている。妙な雰囲気にまとわりつかれたウリセスは、それを振り払うように「寝るか」と妻に伝えて、自分の寝る側へと戻って行ったのだった。

19　戦った男

翌日、エルメーテはにこやかな表情と声音で、「それ」をパトリツィオに告げた。

「明後日、『選抜勝ち抜き戦（せんばつ）』を開きます」

夏の蒸し暑い雨の降る中、連隊長室を訪れていたパトリツィオは、外の天気と同じくらい晴れない表情へと変わった。

「選抜勝ち抜き戦、とは？」

当然、彼の疑問はそこに集中する。パトリツィオの望みは、ウリセスとの直接対決だ。エルメーテの言葉は、彼の望み通りというにはかなり曲がりくねっていた。

「はい、せっかく中央から腕の立つ方がおいでですので、是非この基地の兵士たちの力も知っていただきたく思い、隊長たちに通達を出しました」

対する補佐官は、非常に晴れやかだ。これまで、パトリツィオの目的を測りかねていたエルメーテは、やっと存分に仕事が出来ると思っているのだろう。生き生きと説明を始める。

選抜勝ち抜き戦――それは、この基地の腕の立つ兵士による一対一の勝ち残り戦を開催し、基地最強を決めるというものだった。要するに、パトリツィオはウリセスと当たる前に負けると、直接対決はかなわないまま終わるということである。

そこに、エルメーテの意地の悪さが潜んでいた。連隊長に挑むほどなのだから、当然勝ち残って来るでしょうと、精神的重圧をかけているのだ。それはパトリツィオにも伝わったのだろう。眉をぴくりと動かした後、「了解しました」と連隊長室を出て行った。

ウリセスの方も、パトリツィオとの直接対決を望んでいたが、他の兵士と戦っている姿から剣の質は垣間見ることが出来、相手が本当に強ければ戦うことも出来るとエルメーテに説得された。

「明後日が楽しみですね」

閉まった扉を見送ったエルメーテは、本当に楽しそうに笑みを浮かべた。

勝ち抜き戦当日。おとといの雨などなかったかのように、訓練場の地面は水分を奪われてガチガチだった。夏の日差しは強く、中一日晴れるだけでこの状態だ。今日は多少雲が出ているものの、晴れと言っていいだろう。十分に暑くなりそうだった。

急遽、選抜勝ち抜き戦が開かれるとの通達が各隊に行われたのは、二日前の午前中。参加兵士は当初予定していた休みや勤務の予定を調整することになるのだが、参加しない兵士の間でも勤務の予定を変更しようとする者たちが大勢出てきた。

休む予定を返上する者がいる一方、町の警備詰所担当など外の勤務だった者は逆に休みを申請した。外勤(がいきん)ではどうしても選抜戦を見ることが出来ないため、休みを取ってまで見に行こうと考えた強者たちだ。

おかげで隊長たちや総務部は、兵士の勤務の調整に大わらわだったという。「監査官の副官殿がどうしても参加したいというご要望で」とエルメーテが通達と共に触れ回ったおかげで、こうした忙しさに対する不満はさりげなく、監査官一行へと向けられていた。

早速、賭(か)けも発生しているようで「連隊長閣下が一番倍率低いですよ。兵士に信頼されていますね」と補佐官はウリセスに余計な報告をしてきた。二番人気以降はエミリアーノとルーベン、パトリツィオが追走しているようだ。

だが、エルメーテの意地の悪さは、まだ終わりではなかった。彼が準備した選抜勝ち抜き戦の組み合わせ表の中に、それはガッツリと詰まっていた。

まず、ウリセスとパトリツィオは、決勝まで当たらない位置に据えられていた。二人が全てを勝ち抜かねば、直接対決が出来ないということだ。

特に問題なのはパトリツィオの対戦相手たち。

彼の最初の相手は――

「一回戦、パトリツィオ＝マルケッティ対ミルコ＝ギッティ！」

「……」

既に代表訓練にも抜擢(ばってき)された、厄介な剣の腕を持つ新兵である。見た目のぼんやり具合とは裏腹に、修羅場(しゅらば)をかいくぐってきたしぶとく実践的な剣の腕の持ち主だ。

「一回戦勝者、ルーベン＝コンテ！」

「当然だな」

そのミルコを倒したとしても次の相手は、レーアの兄であり、剣の腕は折り紙つきの小隊長。パトリツィオの隣のエリアで行われたルーベンの一回戦は、まさに瞬殺(しゅんさつ)だった。基礎訓練をサボるせいで持久力に難があるため、手早く仕留めたのだろう。

そしてとどめが――

「一回戦勝者、エミリアーノ＝カルヴィ！」

「っしゃぁ！」

準決勝で当たる相手は、この基地の中でウリセスを一番苦しめられる分隊長だ。気力体力十分でパトリツィオを迎え撃つに違いない。本人はまさか、自分がウリセスの盾に使われているとは思いつきもしないだろうが。

この三人を乗り越えた先にウリセスがいる。彼らを打ち負かせるほどの強さであれば、逆に自分の方から手合わせを願い出たいくらいだとウリセスは思った。

組み合わせは直前まで誰にも明かされていなかったため、パトリツィオ側は戦う相手がどれほど強いか、事前に知ることは出来なかった。とどめに、試合で使われる模擬剣は、戦う時に審判によって渡されることになっている。勿論、その規則を作ったのはエルメーテだ。だから、参加者が剣に細工をする暇はないだろう。

地の利と人の利を駆使したエルメーテの準備は、ウリセスが呆れるほどに抜け目ないものだった。

これほど万全のお膳立ての後、ウリセスが途中で負けるという不甲斐ないことになった

日には、連隊長が強いという噂はガセだったと中央まで届くというものだ。

「勝って、いいんだな」

勝ち抜き戦が始まる少し前に、ウリセスはその点を補佐官に念を押して聞いた。家族の安全もかかっていることで、非常に慎重になっていたのかもしれない。家族の

するとエルメーテは馬鹿馬鹿しそうに肩を竦めてこう言った。

「連隊長閣下は、勝つ以外のことが出来るんですか？」

ウリセスが負けることも、負けるフリをすることも、この男の頭の中には最初から入っていないことが、十分すぎるほどに伝わってくる言葉。ウリセスは全力を尽くすことに決めた。

だが、エルメーテが付け足した言葉は、ウリセスの胸に突き刺さる。

「ただ……歯向かわないと分かっている番犬なんて、子供でも怖いと思いませんよ」

言いたいことは分かる。これまで、ウリセスはどんな上官相手にも一対一で顔を突き合わせてきた。問題も解決もそこにあると思ってきた。

だが、彼は終戦後に己の甘さを知った。遠く離れた地に左遷されることになれば、問題は小さくなるとも思ったが、その考えもまた、甘かった。

ウリセスは、自分という存在を「抑止力」にしなければならないところに来ている。敵が自分の周囲を害するならば、敵もまた無事では済まないという力の誇示。

これまで彼が国を守るため以外で使ったことのない力を、ウリセスは自分と家族のために使う。その力の誇示のひとつとして、今回エルメーテは舞台を作った。全身全霊で応えるのが、ウリセスの道だった。

連隊長という肩書きがあろうと、ウリセスは一回戦から試合が組まれている。一般兵士だろうが連隊長だろうが基地最強を決める戦いの前で分け隔てはない。これにより、ウリセスだけ戦う回数が少なく体力を温存出来た、という言いがかりもなくなるだろう。

戦う回数が同じであろうとも、体力を温存する方法はあるのだ。

「……っ！」

ガキィッと鈍い音と共に跳ね上がる模擬剣。温存する方法――それは、開幕直後に勝負を決めること。

これは訓練ではない。ウリセスは対戦相手に稽古をつけているわけではないのだから、最初から全力でいくだけだった。

「勝負あり！　一回戦勝者、れん……ウリセス＝アロ！」

組み合わせ表には参加者の名前しか書いていない。肩書きで呼びかけた審判が、この勝ち抜き戦の意図を汲み取って呼び直す。彼は少しばかり青い顔で、大丈夫だろうかとウリセスの顔を覗き見た。大丈夫だという意味も込めて、ウリセスが小さく頷いて見せると、審判はほっと胸をなでおろす。

ひとつの戦いが終わるごとに、その周囲を取り巻く大勢の兵士は歓声をあげたりどよめいたりする。夏の暑い訓練場が、彼らの熱気でさらに十度くらい気温が上がっている気がした。途切れない蝉の声ともあいまって、普通の声で話しても誰も聞き取れないだろう。

しかし、最初からしゃべらない男の声は聞き取るまでもない。ミルコはその表情にうっすらと不満のようなものを浮かべながら、訓練場を出て行く。時間はかかったが、どうやらパトリツィオが勝利したようだ。

負けたミルコを待ち受けているのは、イレネオたちの分隊。彼らはニヤニヤ笑いながら、小さな彼の頭を小突いたりかきまわしたりする。分隊ではうまくやっているようだと、ウリセスは視線で彼を見送った。

夏の暑い日ざしは、少し動くだけで体力を奪っていく。ミルコの相手パトリツィオも骨が折れたことだろう。

「さあ、さっさとやろうぜ。都会のおニィちゃん！」

二回戦、その男の前に立ったルーベンの開幕挑発。自分も八年前まで都会のおニイちゃんだったというのに、そんなことは棚に上げて相手を煽っていく。

「よろしくお願いします」

しかし、残念なことに暑い太陽の下でも、パトリツィオは冷静なようだった。

「うわっ、ちょ、うおっ！」

ウリセスが次の試合に呼ばれて隣のエリアに入った頃、ルーベンは尻餅（しりもち）をついていた。二人とも汗だくで息が上がっている。どうやら持久戦で負けたようだ。

そんなパトリツィオの勝ち名乗りが終わった直後、ウリセスは二回戦を突破した。

ウリセスはこれまでのパトリツィオの戦いをちらちらと見ていたが、鋭さと根気のバランスがいい。我慢する時と攻める時の切り替えが巧みだった。多くの男の剣を見て来たが、パトリツィオの剣に浮わついたところはない。地に足をしっかりとつけて鍛錬（たんれん）してきた人間の実力だということが伝わってくる。

だからこそ、余計に違和感を覚えてもいた。自分の知る敵側の人間とは、随分と毛色が違うものだ、と。

そして、少し残念に思った。

「二回戦勝者、エミリアーノ＝カルヴィ！」

さすがのパトリツィオでも、この男にはきっと勝てないだろうと考えたのである。

結局――

「決勝戦、ウリセス＝アロ対エミリアーノ＝カルヴィ！」

最後は代表訓練と同じ顔合わせになったのだった。

「すまんが、先に水を浴びてくる」

帰宅したウリセスは、家族の出迎えを受けた後、まっすぐに奥庭の井戸へと向かった。勝ち抜き戦で、すっかり汗だくになっていた。

夏の夕暮れは、十分に水浴びが出来る気温だ。むっとする土の熱とセミの声の残る庭を歩き、ウリセスは脱いだ軍服とシャツを井戸の縁にかけ、釣瓶で水を汲み上げた。水の重みできしむ滑車の音を聞きながら、ウリセスは井戸の中を見た。暗く冷ややかな空気までも底から一緒に上がってきて心地いい。

水の入った桶を、井戸から少し離れて前に下げた頭にかぶる。ぞくっとするほど冷たい井戸水が熱を鎮めていくのが分かった。黒髪からボタボタと水滴を地面に落としながら、ウリセスは己が昂揚していたことに気づく。いい戦いだったことを、まだ己の身体が忘れていないのだ。

軽く頭を振って、桶を井戸にもう一度放り込む。再び水を汲んでいる時に、家の方からレーアが出てきたのが見えた。

　大きなおなかを気遣うように、ゆっくりとした足取りで近づいてくる彼女の手には、タオルが握られていた。

　ああ。ウリセスは心の中で呟く。

　幸せなものだな、と。

20　四角い部屋で蒸された男

　選抜戦の翌日。基地内がまだどこかザワついているように、ウリセスには感じられた。昨日の熱戦の話題に賭けの払い戻しなど、兵士たちから漏れ聞こえてくる言葉の中に「昨日の」という単語が数多く交じっていた。

「昨日の決勝戦は……何と言うか、いつにも増して暑苦しかったですね」

　戦いを苦手とするエルメーテがそれを語る時は、少しばかり方向性がズレる。戦いに暑苦しいも涼しいもないとウリセスは思っている。

　開幕直後、ウリセスはエミリアーノに打ち込んだ。これは訓練ではない、ほんの少しでも甘えがあるのならば捨てろと叩きつける一撃だった。直後のエミリアーノの顔ときたら。金のたてがみを持つ獣のように獰猛に、ウリセスの剣を力で跳ね返した。そんなことは最初から分かっている、という力強さだった。

聞こえていたセミの声が消える。いや、セミは鳴き続けている。ただ、ウリセスはもはやその雑音を意識から全て切り捨てて、真夏の太陽の下、エミリアーノと剣を打ち合った。

元々、体力はウリセスの方が上だった。更に、これまで十分に温存してこられた。「負けない戦い」をするのであれば、確実に勝利出来ただろう。

だが、ウリセスはその道を選ばなかった。この決勝戦、ウリセスは「勝ちをもぎ取る戦い」をしにきていたのだ。直接対決の出来なかったパトリツィオに、己の強さを見せつけるために。

全身の神経を研ぎ澄まし筋肉をうならせ、出し惜しみすることなくウリセスはまさに全力を出した。逆にエミリアーノが相手でなければ、危なくてとてもそんなことは出来なかっただろう。そしてその期待に、エミリアーノは十分に応えた。そのおかげで、互いにいくらかのアザ程度で済んでいた。

昨日、井戸で水を浴びている時にレーアにあざを見られ、心配させてしまったのは予定外だったが。

「しかし、賭けてた連中はあんまり嬉しくなかったみたいですね。倍率がほとんどついてませんでしたから」

やはりズレたことを口にするエルメーテに、ウリセスは「それは残念だったな」とささやかな皮肉を返すだけだった。だがそれは、補佐官の面の皮一枚も貫通出来なかった。

選抜戦の余韻がこれから落ち着いていって、まもなく職務を終える監査官一行がここから去れば、元の穏やかな日々に戻るとウリセスは考えていた。

その予想は簡単に外れた。

再び、パトリツィオが連隊長室に現れたからだ。手には監査資料。だが、エルメーテとのやりとりは非常に短かった。

「先日拝見した資料を、お手数ですがもう一度見せていただけますか」という切り出し。対する補佐官はちらりとウリセスの席に視線を送る。何か言いたいのかと、ウリセスは注意深く二人を見た。

だが、エルメーテはもうウリセスの方を見ることはなく、「では、資料を総務部から借りて参ります、掛けてお待ちください」と部屋を出て行った。

それで十分伝わった。

パトリツィオはしょっぱい口実で、エルメーテをこの部屋から追い払ったようだ。明らかにウリセスに用があることをにじませて。

今度は何事かと、応接の長椅子に腰掛けるパトリツィオをまっすぐに見たウリセスは、自分の視線を隠さなかった。こちらには聞く準備があるという意思を、最初からパトリツィオに見せた。

この時点で、ウリセスは昨日の勝ち抜き戦の話かと予測していた。

「お手数ですが、内密にお話ししたいことがあります」

しかし、その想像は外れた。勝ち抜き戦の話だというのなら、わざわざ内密にする必要はない。確かに昨日、熱戦は繰り広げられたが、あの行事に秘すべきところなどなかった。

「いま、ここで話せるような内容か？」

「いいえ、込み入った話ですので。出来れば今夜、人目につかないところで……」

細い焦げ茶の目が、暗い色を閃かせる。戦っている時の印象とは、随分違っていた。心の奥底がしっかりと隠されている。彼の本当の所属である諜報部という仕事柄、感情を読ませないことは得意なのだろう。

そしてパトリツィオは「今夜」という言葉を使った。返事は、前回のように引き延ばすことは出来ない。いまこの場で答えを要求している。

「断ったら？」

交渉ごとは、相手のペースに乗せられてはならない。こちらには断るという可能性があることをウリセスは最初に見せた。

「閣下の悩みの種を、ひとつ減らせるかもしれないというお話です」

いま話せるのはここまでという意思を、パトリツィオは引き結んだ唇で表した。

悩みの種。ウリセスが心当たりのある種など、ただひとつ。だが何の芽が吹くのかは、この時点ではウリセスには分からない。

「監査官には、知られたくないのだな」

「……」

現時点で、ウリセスがパトリツィオについて分かっているのはそのくらいだ。ウリセスをこの地方に追いやった例の貴族の息がたっぷりかかっている男の目を盗んで、彼はウリセスと話をしたいと考えている。

だからといって目の前の男が、その貴族の敵であるという甘い考えは抱かない。ただ、敵陣営も一枚岩とは限らない。そういう意味で、聞く価値はあるとウリセスは判断した。

「料理屋でもいいか？」

「個室であれば……あと、『大麦亭』以外で」

密談に同意する意味でウリセスが問いかけると、すぐさまパトリツィオから条件が返された。前者は当然だったが、ウリセスが面白いと思ったのは後者だった。

既にパトリツィオは、エルメーテが大麦亭の息子であるという情報を握っていて、なおかつこの件に彼を関与させたくないと考えていることが伝わってきた。昨日の選抜勝ち抜き戦で、補佐官が関わるとロクなことにならないと、その身で理解したのだ。

そんな補佐官のお膝元である店では、たとえ個室で話をしたところで筒抜けになるのは明らかだった。

「分かった、では『舞花亭』の個室を押さえよう。店の場所は分かるか？」

今年の春、ウリセスは人数の多い食事会に「東狼亭」の個室を借りたことがあった。その席で、ウリセスが利用したことのある料理屋全てが個室を持っていることをエルメーテやルーベンに聞かされた。

特にルーベンがよく使っている舞花亭の話は、少し変わっていたので覚えていた。舞花亭の個室は、テーブルがひとつ。多くても四人まで。大体が二人で使われる狭い部屋。

「けど、その個室を使えるのは男だけってどういうことだよ、おかしいだろ！」

ルーベンの酔っ払いながらも絶望に満ちた声が、ウリセスの頭の中で甦る。

「どこかの誰かさんみたいに、よこしまな目的で利用されると困りますからね」

ぼそっと呟いた嫌味のせいで、エルメーテは酒瓶を持ったルーベンにしばらく追い回されていたが。

「では……暗くなった頃に」

パトリツィオは、窓の外をちらりと見た。今日も夏らしくいい天気だ。この空が暗くなる頃といったら、かなり遅い時間になる。

表情は変わらないが、パトリツィオは夏の日の長さを少し忌々しく思っているのではないか——ウリセスにはそう思えた。

その日、ウリセスはセヴェーロに自宅への伝言を頼んだ。今夜急用が入ったことを家族に伝えてもらうためである。

出来れば、とウリセスは続けた。

「出来れば、遅くなるかもしれないが俺が帰るまで家にいて欲しい」

それは、セヴェーロを男と見込んでの頼みだった。今夜、ウリセスはパトリツィオに呼び出されている。それはウリセス自身が向き合い、答えを出すべき話だ。

だが、もしもこれがウリセスを自宅から引き離すための口実であったら、という可能性もまったくないわけではない。相手にとって、一番目障りなのは自分だが、直接相手にしたくないのもまた自分だろうとウリセスは思っていた。もしもの場合の家族の危険度を下げるために、彼は義弟に頼んだ。

「任せて、ください」

ウリセスの前に立つセヴェーロは、緊張の走る首筋を震わせた。武者震いだろう。その緑の目には、輝きこそあれ迷いのようなものはなかった。

「頼んだ」

「はい！」

義兄弟となってまだ一年弱。ウリセスは、そこに義弟の明らかなる成長を見た。

長い長い夕焼けが終わる前に——ウリセスは舞花亭の個室にいた。

東狼亭と同じように裏から入るその部屋は、想像以上に狭かった。やはり、窓ひとつない。灯りも弱く、これでは席の向こう側を見るので精一杯だろう。

ある意味、今夜の相手にはちょうどいい場所だった。

ウリセスは、仕事が終わってすぐに舞花亭を訪れた。個室を借りるためだ。もし既に予約が入れられていて使えなかった場合は、他の方法を考えなければならないが、その心配は杞憂（きゆう）だった。部屋の使用料は想像以上の高額で、これならおいそれと借りる人間はいないはずだ。

　ウリセスは、部屋を借りた後に店長にひとつ頼みごとをした。

「お客様がそうおっしゃるなら出来ますが……少々迷惑なんで迷惑料もお願いしたいものですね？」

　店主にニヤっとした顔で語られ、ウリセスはもう一度財布を開けることになった。

　個室の小さなテーブルの上には、未開封の酒のボトルとグラスだけ。

　ウリセスはわざとこの環境を作った。先に酒を置くことにより、店の人間の出入りを制限する。ウリセスは、ここに団欒(だんらん)をしにきたのではない。食事をするためでもない。当然のことながら、酒を飲む気もほとんどなかった。

　未開封であることにより、互いに酒に細工は出来ない。もし相手が飲みたいと言うのであれば勝手に飲めばいい。もしウリセスがこの酒を飲むことがあるとするならば、それは相手が信頼に足る人物だと確信した時だけだ。

　小さく四角く蒸し暑い部屋で、ウリセスはただ待った。

　そして、外につながる扉は叩かれた。

「入れ」

この部屋の主は自分であると、ウリセスはその一言に込めた。心理的には、連隊長室と何ら変わりはしない。ただ、相手も同じ心理かは定かではなかったが。

「失礼します」

それは条件反射だったのか、身体の芯から階級が染み付いているのか。パトリツィオもまた酒場の扉を開けるに不似合いな言葉で入ってきた。彼は地味な私服姿だった。

男二人が揃うと、個室は益々狭く感じられる。

「座れ」と、ウリセスはこの部屋の指揮を執った。

目の前にパトリツィオが座ると、この薄暗い部屋の中で、彼の銀髪だけが炎の色に輝いて見える。そんなウリセスの視線に気づいたのだろう。彼は、自分の前髪を軽く引っ張った。

「この髪の色、あまり好きではありません……目立つので」

座って最初の一言目は、ウリセスの予想に反するものだった。他愛のない雑談に感じるそれをウリセスが視線で流すと、彼は己の髪から手を離した。

そして言った。

「そう遠くなく、連隊長閣下には中央から招集がかかる予定です」

パトリツィオの二言目は――予想も出来ないものだった。

21　指名された男

「昨日の連隊長閣下の戦いぶりを見て、私はふたつのことを理解しました」

　中央招集という予想外の話で、パトリツィオは開幕に大きな一撃を入れてきた。

　ウリセスは、それに怯んだわけではない。しかし、彼の脳裏には再び他国との戦争の気配がちらついていた。そのくらいの大事でなければ、自分を無用の長物どころか目の上のこぶと思っている国内の敵が同意するはずがない。

「ひとつ、閣下は掛け値なしにお強い」

　ウリセスの思索は、パトリツィオの会話を聞きながら続いていた。ひとつ目の部分に関して言えば、おべっかだろうが本当にそう思っていようが、ウリセスには何ら心を動かされる部分はなかった。

「ふたつ、閣下は非常に真っ直ぐな方である」

　ふたつ目の部分についてもまた、ウリセスの心は何も反応しなかった。彼の性質は、彼が生来持っていたものを土台として、自分と環境と年月が育てたものに過ぎない。

「ですから、回りくどい話はやめにします……閣下にご協力いただくために」

だが、その性質をある程度把握した上でこそこの話が進むというのであれば、ウリセスが静かに聞いている必要はなかった。「協力」という、不穏な言葉がちらついたこともまた、彼を動かす材料となった。

ウリセスは、目の前にある自分のグラスに手を伸ばした。酒を飲むわけではない。そのグラスを引っくり返し、テーブルの上にたんと伏せて置いて見せたのだ。

相手を何ら信用していないことを、ウリセスはグラスで表した。このグラスが裏返っている限り「協力」など笑い話にもならない。

「その前に、まず聞こう」

グラスの底に指を乗せたまま、ウリセスは向かい側に座る男の目を見た。細く感情の読みづらい暗い目。

「貴官は……何者だ」

回りくどい話をしないのであれば、彼が一番疑問に思っている部分にもすぐに答えられるはず。

パトリツィオはちらりとグラスに視線を送った後、ふぅと息を吐く。そして言った。

「パトリツィオ＝マルケッティ……諜報部の人間です」

生ぬるい夏の夜。全てを閉ざされた部屋の中で、ウリセスの心の温度を一度下げるつまらない言葉が返された。

「それは、知っている」

回りくどいことをやめると言ったが、まだ十分に回りくどい。ウリセスがどこまでパトリツィオのことを知っているかを試したのだとするならば、この返事で十分だろう。

「……デマルティーニ侯の部下です」

だが、言い直された言葉の中にいる貴族の名は、少なからずウリセスに衝撃を与えた。

デマルティーニ。軍人を多く輩出する貴族の家系であり、現当主もまた将軍である。そして何より、ウリセスが想像していた敵対貴族の名――ではなかった。

ウリセスは、さかさまのグラスの底からゆっくりと手を離した。そのまま、微かに身体を後方へ傾がせて、椅子の背もたれに身体を預ける。

「証拠は？」

複雑な話になってきた。ウリセスは、まだ飛び石のようにしか揃っていない情報の点を、現時点でつながないまま目の前の男を見る。

「ここで、私が知っているガリバルディ伯の悪行を片っ端から垂れ流すのは簡単ですが、そんなことをしても閣下は私を信用なさらないでしょう」

浮わつかない言葉、揺れない瞳。その口から出る、ウリセスを目障りに思う貴族の名。

「だから、こう言っておけば、閣下は私との距離を見誤られないでしょう……」

同じ口が一度閉じ、そして再び開いた。

「閣下……現時点で私は閣下の敵ではありません……ですが」

銀髪の男は、手を伸ばした。自分のグラスに、だ。

「ですが、私は味方でもありません」

パトリツィオはそのグラスを——真横に倒した。

円を描くように転がろうとするそれを、パトリツィオは人差し指の先で止める。非常に不安定であるという状態を、彼はウリセスのグラスを模倣して突きつけた。

中央の軍には、いくつか大きな派閥がある。それぞれが名高い貴族を中心に味方を集めて、軍の内部での強い発言権を得ようとする。己の派閥の人間をより多く昇進させれば、発言権はなお強くなる。派閥のトップは、軍人というよりももはや政治家と言っていいだろう。

骨の髄まで軍人のウリセスには、関係のない話だった。だが、軍人として無能な人間が上官として前線に出てくるのであれば話は違う。戦時中、ウリセスはガリバルディ伯爵にとって、飼い慣らせない目障り極まりない部下として見られていた。

しかし、そのガリバルディも軍全体から見れば最強というわけではない。別の派閥、それがパトリツィオの飼い主であるデマルティーニ侯爵(こうしゃく)というわけだ。

パトリツィオが敵でも味方でもないという理由は、そこにある。これは派閥同士の争いで、ガリバルディの地位を落とすためにウリセスを利用出来るかどうか、という話なのだろう。

こんな辺境の地で働くウリセスの利用価値は、自分でも分かるが高くはない。しかし、最初にパトリツィオはこう言った。そう遠くなくウリセスには招集がかかる、と。

「話を、聞こう……」

パトリツィオの手元の倒れたグラス。その指先を見ながら、ウリセスは重々しく口を開いたのだった。


ウリセスは、「舞花亭」の個室に一人で座っていた。

テーブルの上には上向きに戻されたグラスが二つと、封を切られないまま残った酒瓶。それらを見つめながら、ウリセスはこう言った。

「入っていいぞ」

開いたのは、店につながる方の扉。その扉が開く時も、パトリツィオと同じように「失礼します」という言葉がついてきた。

入ってきたのは、私服のエルメーテ＝バラッキ。ウリセスの補佐官だ。

彼は、立ち聞きしていたのではない。ウリセスが立ち聞きさせていたのである。この個室を借りる時、ウリセスが店主に頼んで余分な金を払ったのはこれだった。

そうするのは情報をエルメーテと効率よく共有するためでもあるが、大元にある理由は別のものだ。ウリセスに関してどんな話がパトリツィオの口から飛び出してきたとしても、それをエルメーテに聞かれても構わないという信頼である。

「夕食、まだでしょう？」

ただ立ち聞きしているだけでも十分だったというのに、エルメーテはどうしても時間というものを有効に使わないと気が済まないようだ。彼の手にはトレイがあり、そこには軽食が載せられている。野菜とチーズと薄切り肉の挟まった焼きサンドイッチの切り口は、この薄暗さにあっては鮮やかに感じられないが、香ばしい匂いはウリセスに空腹を思い出させた。

テーブルに置かれた皿は二人分。新しいグラスもまた、二人分だった。

「すまんな、飲むか？」

何から何まで至れり尽くせりのエルメーテに、少しばかり苦い表情を浮かべてしまうのは仕方がないことだろう。エルメーテが得意な損得勘定からすれば、ウリセスの存在は損の方が明らかに多い。よけることも関わらないようにすることも可能なはずの男は、しかし向かいの席に座る。そのまま皿を並べ終えるや、「いただきます」と、慣れた手つきで酒の封を切った。

「……」

ウリセスは、無言のまま酒で唇を湿らせてから、焼きサンドイッチを口に運ぶ。まだ温かいところから察するに、そろそろ終わる頃合であることを見越して、エルメーテが店主に頼んだのだろう。ぱりっとした外側の食感と、中に閉じ込められている柔らかさを噛みしめる。塩漬け肉とキャベツが、塩とバターの味で絡み合っていた。

「……行きますよね？」

同じようにサンドイッチを持ったまま、口には運ばずに補佐官がそう呟くように問いかけた。

「おそらく、そうなるだろう」

答えながら、ウリセスはパトリツィオが語った話を頭の中で整理した。そして、結果から事実を確認した方が早いことに気づいた。

まず、ウリセスは夏の終わりに都へ招集されるだろうということ。そこが目的地ではない。そこから――隣国に行くことになる。近年まで戦争をしていた相手、ベキア王国だ。

しかし、戦に行くわけではない。休戦して三年。平和が維持されているという美しい建前の下、記念式典が開かれることになっていた。その行事は去年から行われており、その際はミルグラーフ側の国境近くで執り行われた。今年は主催者がベキア側になる、ということだった。

だが、ウリセスとは無縁の行事だったし、今年もそうだと思っていた。しかし、パトリツィオの言葉で、その予想は簡単に崩壊した。

彼は言った。「ベキアのある将軍が、閣下を名指しして招待状を送ってきました」、と。

「あの人、ですよね……閣下を指名してきたのは」

エルメーテはいやそうな顔でそう言い終わった後、サンドイッチに噛み付いた。あまりいい思い出がないのだろう。それは、ウリセスも一緒だった。

「クヌート＝ベッテンドルフ、か」

忘れようにも忘れられない、ベキア王国の若き将軍の名だ。

その男は昨冬、素性を隠してこの国にやって来た。将軍自ら、この国の内情を見に来たのだ。ウリセスはその男の化けの皮をはがして捕縛した。そこまではよかった。ただ、中央へ移送中に逃げられるというオチがついていた。

確かにあの男なら、堂々とウリセスを指名しかねない。あの事件の仕返しを、こんな形でされるとは思ってもみなかった。

ウリセスが指名されたことにより、忌々しさを募らせたのがガリバルディ伯爵というわけだ。存在を抹殺したい相手の名がまた表舞台に出てくるのだから、さぞや目障りな気持ちに拍車がかかったことだろう。

それを、クヌートほど頭の回る男が見抜いていないはずがない。明らかにわざとウリセスの立場を微妙なものにしようと仕組んだに違いなかった。

そこからが、ウリセスたちが考えなければならない部分である。本来であれば味方であるはずの同国人たちの動きのことだった。

可能性のひとつとして、記念式典の前、すなわちいまから招集されるまでの間に、ウリセスが招集に応じられない状況を作ろうとするかもしれない。

「そこは、簡単に対応していただきたい」とパトリツィオは言った。彼の望みは、誰にも気づかれないようにウリセスが消えることではない。それでは、パトリツィオの飼い主であるデマルティーニ侯爵にとって毒にも薬にもならないからだ。

最初に彼は言った。

敵ではないが味方でもない。ウリセスに利用価値があるかどうか、あるなら如何にして利用するか、だ。そのためには、こんなところで伯爵に足元をすくわれては困るのだろう。

別にパトリツィオのために足元をしっかりと固めるわけではないが、わざわざ引っかかってやる意味もない。ウリセスの補佐官もまた、その点については今さら言葉にするまでもないと思っていることが分かる。

焼きサンドイッチをつまみに、酒を飲む。

そして、エルメーテはこう言った。

「……僕も補佐官として同行させてください」

沈黙の間に、どれほどのことを考えたのだろうか。

彼は、まっすぐにウリセスを見た。

すぐには答えられなかった。

22　証明された男

翌日、基地内でひとつの事件が起きた。

監査官が精査していた帳簿に問題が発生したのだ。見知らぬ妙な数字がまぎれ込んでいたという。

「会計帳簿は、それぞれの帳簿が強固につながっています」

エルメーテは、今回の会計監査が来る前にそうウリセスに説明した。ひとつの帳簿のたった一か所を書き直した数字くらいでは、専門家の誰も納得させることは出来ない、と。

「もし彼らが帳簿の改竄（かいざん）を目的とするのであれば……改竄するためだけに全力を尽くして全ての帳簿をいじって数字を合わせてくるでしょう」

そして、彼らは監査という名の下に、ついにそれをしでかした。パトリツィオ以外の全員が、この任務を成し遂げるためにここに送られてきたとしか思えない所業（しょぎょう）だった。

いじられた数字は大きかった。謎の使途不明金がそこに生まれており、彼らの意図ははっきりと伝わった。誰かがその使途不明金を着服していることになっていて、それがウリセスであろうがなかろうが、彼に責任を取らせる気だと。

だが、それは当初から予測のひとつとして心構えのあった事件だった。

監査官が来る前に、エルメーテはきっちりと準備していた。彼が会計科で行っていたのは精査。監査官が改竄するまでもなく、あげ足を取られる隙があってはならない。だが、それだけではない。もうひとつ、彼は準備していた。

それが――帳簿の複製だった。完璧に仕上がった帳簿と同じものを、もうひとつ作っていた。もしも監査官が本気で改竄しようと思った時、複製と比較すればどこがいじられたか分かる。

「どうしてまったく同一の帳簿であると言い切れる？　そっちが監査に差し出すはずだった帳簿で、間違って裏帳簿を我々に差し出した間抜けかもしれんだろう」

だが、監査官は抵抗した。こちらがそこまで用意周到だったことは、計算外だったはずだ。監査官はウリセスの視線に鼻白みながらも、証拠がないと蹴り飛ばそうとした。改竄などという大それたことに手を染めた以上、ここでしくじれば社会的地位は失墜する。

その監査官を、ウリセスは連隊長室に帳簿と共に閉じ込めていた。彼の部下を同席させないのは、もしこの監査官を追い詰めきれなかった時に個別に尋問するためだ。監査官と情報共有させずに、不意打ちする準備だった。

連隊長室にいるのは、ウリセスとエルメーテと監査官だけ。長椅子の向こう側に監査官、こちら側にウリセスと補佐官。

人数的に言えば、監査官の分は悪い。だが、改竄の結果を振りかざせば、ぐうの音も出ないと思っていたのだろう。最初から監査官は、ウリセスの険しい目つきも気にすることなく強気だった。

そこへ、エルメーテの複製帳簿が登場したのだが、いまだ監査官は抵抗中だ。

「この帳簿、実は単純な仕掛けがありまして」

その男の前で、エルメーテは帳簿を立てて、紐で綴じられ硬い表紙がつけられた側面を見せた。紙が重ねられて出来た厚みに、その秘密はあった。

「そちらにお渡しした帳簿とこちらの帳簿、実は同じページである証明をするために側面に同じ位置にペンで印をつけています」

一枚ずつを見たら、ただの黒い汚れにしか見えない。帳簿として重ねてみても、規則性のないただの汚れに過ぎない。しかし、それぞれの帳簿の同じページを突き合わせれば、確かに同じ位置に黒いインクがつけられていた。

帳簿を改竄するためには、帳簿から一枚丸々取り外して新しい紙に差し替えなければならない。そのため、どのページが改竄されたか、この本当に小さな黒い点が明確に教えてくれる。もう一冊との数字の比較が容易であるなら、そう時間はかからずに改竄の流れは明らかになるだろう。だが、それだけでは監査官たちが改竄したという明確な証明にはならない。「更に」と、エルメーテは言葉を続ける。

「更に、帳簿を綴じる紐は少しいじった封結びにしていました。その帳簿を大隊長二名に確認していただいて彼らの目の前で金庫にしまい、カギは副連隊長殿に預けました。監査官殿が到着された後、再び大隊長二名の立ち合いの下に金庫から取り出して、結び目を確認していただき、そのまま片方を監査用にお渡ししました」

エルメーテは、これでもかと畳み掛ける。「不動の大隊長」と「流浪の大隊長」の両名を証人として巻き込んだことをウリセスは知っている。連隊長権限でそうしたのだから当然だ。

「流浪」の方を町に留めておくのは大変かと思われたが、以前起きた連続窃盗事件の際、エルメーテが彼の隊の手伝いをした経緯もあって、協力が得られた。副連隊長は、何のカギか分からないまま当日まで保管していたに過ぎない。監査官側に近い人間である副連隊長であっても、何のカギか知らなければ情報の漏らしようがなかった。

エルメーテは出し惜しみしなかった。最初から改竄の危険性を察知していたことを明らかにし、副連隊長と大隊長二人にも責任を背負わせたことで、ウリセス側の潜在的な味方

を増やした。ここまで準備してなお監査官側が改竄を主張するのであれば、この基地の大隊長以上の首を全員飛ばさなければならない環境を作り上げていたのだ。

これには、監査官は愕然としているようだった。

彼らは数字の関係性を完璧にすることを目指していただろう。それはおそらく達成されている。だが、専門分野以外のところに、エルメーテは命綱を結んでいた。

「僕は、会計のプロではありませんから」と、後でエルメーテは言った。会計科で彼は事前精査をしたが、それは正確には日々帳簿と向き合う本職の職員にしてもらい、出来上がったものを確認、質問したという形だった。

「これで文句が出たら辞表を書きます」とまで職員に言わしめた帳簿を前に、エルメーテは最後の仕上げをした。会計のプロでなくとも出来る、いかにも彼らしい仕上げだった。

「こ、これは……私を貶めるための罠だ！」

だが、相手は往生際が悪かった。何がどうあっても、改竄したことだけは認めてはならない。その一点のみだ。エルメーテが「罠にかけられる心当たりでもあるんですか？」という問いかけには「知らん！」の一点張り。

こうなれば知らぬ存ぜぬで通してくるだろう。監査官と引き離して彼の部下を尋問する方向でウリセスが考えを固めかけていた時、連隊長室の扉がノックされた。

誰でもいい助けてくれ、という顔で監査官は扉を振り返った。それどころか、長椅子から腰を浮かせかけている。扉が開くことをいま思い出し、そこから逃げ出そうと考えたかのようだ。

「失礼します」と、一人の男が入ってきた。監査官はそれが誰か理解した直後、ほぉっと安堵の息を吐いた。顔には「助かった」と書いてある。

「難儀しておられるかと思い、参りました」と、その男は言った。

「ああ、そうだとも。ひどい難癖をつけられてな……こんなところにはもうおられん、すぐに帰るぞ」と、監査官は答えた。

それに対し、入室してきた男の目は細められた。ただでさえ細い目が、もっと。

「時間が無駄になるでしょうから、ひとつだけ事実をお伝え致します」

そして男――パトリツィオは言った。

「監査官殿が……帳簿改竄を部下に指示したのは事実です」

彼は、ウリセスを見てそう言った。

一瞬、連隊長室の音が消えた。蝉の声さえ、誰の耳にも届かなくなった。

「なっ……マルケッティ！　何を馬鹿なことを言っているのだ！」

狼狽した監査官が立ち上がるとともにあげた悲鳴で、全ての音が戻ってくる。何千もの蝉の声が監査官の声に覆いかぶさった。

「申し訳ありません、監査官殿。私にもいろいろ都合がありまして、元の居場所に戻ることになりました」

パトリツィオは笑わない。至極静かな態度で、監査官に向かって部署が代わるだけといった事務的な口調で伝える。

「きさ、貴様は、貴様は‼」

口の端から泡を飛ばし、監査官は夏の熱にやられたかのように頭から湯気(ゆげ)を出していた。

「終わりです、監査官殿。ガリバルディ伯にどうぞよろしくお伝えください」

とどめの言葉を吐くパトリツィオの意図に、ようやくウリセスは気づいた。彼は、ここでの改竄事件をガリバルディの汚点のひとつにするために利用したのだ、と。

当然、かの貴族は知らぬ存ぜぬを通すだろう。監査官が勝手にやったことだと言えばすむ。だが、敵対派閥には筒抜けだ。ここに筒抜けに出来る男が一人、立ち会っているのだから。

何という口実で、監査官一行の中にパトリツィオが潜り込んだのか、ウリセスは分からない。これまで表面上、伯爵側についているふりをしていたのかもしれない。この時点まで、監査官がパトリツィオを疑っていなかったことからそれは窺える。

そして彼は、ここで監査官を鮮やかに裏切った。

「うわ、あ、あああーー‼」

ウリセスは生まれて初めて、人が興奮のあまり卒倒するところを見た。監査官は顔を真っ赤にしてそのまま、どたーんと引っくり返ったのである。

「軍医を呼んできます」

エルメーテが速やかに動き始めるが、視線はパトリツィオに残している。エルメーテのいるところでは重要な話をしないこの男が、彼がいなくなる間に何かをしゃべるだろうことを予想している目だった。

「やれやれ、ですね」

床でのびている監査官を抱え起こし、パトリツィオは長椅子に寄りかからせる。

「……私は二つのことを証明するためにここに来ました」

立ち上がったパトリツィオは、ウリセスに背を向けたままそう切り出した。

「ひとつは、私が証人になることで閣下たちの手間を省くこと……これが、私が閣下の『敵』ではないという私なりの証明です」

そして、彼は振り返る。冷ややかな色の髪の揺れが収まった後、パトリツィオはこう言った。

「もうひとつは、この男の罪を閣下の取引材料にさせないためです」

それは、エルメーテが考えたことのひとつだった。もしも、監査官が何らかの悪事を働き、それを暴くことが出来たなら、公にしない代わりに弱みのひとつとして都のガストーネに利用させるというものだ。

私的な悪事であれば、ウリセスはそれに頷いただろう。しかし、これは公的な悪事だった。監査官という肩書を持つ人間が、絶対にしてはならない部分。たとえ、誰の命令であったとしても、だ。

だからウリセスは、この件でエルメーテの案には頷かない。公的な悪事は、しかるべき場所で相応の裁きを受けるべきだと考えるからだ。この辺りが、ウリセスの融通の利かない部分である。

ならば、パトリツィオのふたつめの意図は無駄だったと言っていいだろう。ただし、彼が付け足した「証明」という点においては意味があった。

「これが、私が閣下の『味方』ではないという私なりの証明です」

彼の言わんとすることは、ウリセスにゆっくりと伝わっていった。この男は、ウリセスから正しい信頼を得ようとしている。パトリツィオという人間は、ひいてはその上にいる侯爵という人間は、半分しか信用出来ない存在だ。ただし、逆に言えば半分は信用出来る、と見せつけたのだ。

なるほど性格をよく見ている、とウリセスは思った。いい言葉だけを吐いても、いい態度だけ示しても、それを全部頭から信用するのは愚かだ。ウリセスでさえ不信感を抱くだろう。だからパトリツィオは、ウリセスにとって利にならないこともやり遂げた。自分とその陣営の立ち位置を正しく彼に見せるために。

「……回りくどいことだ」

ウリセスが呟くと、彼の細い目が残念そうにまつげを伏せる。珍しく表に見えた感情だった。

「これが精一杯です」

その言葉は、まごうことなき本音なのだと、ウリセスにも分かったのだった。

23　光を見た男

監査官一行は、逃げるようにこの地を去って行った。パトリツィオはその一行には入っておらず、彼だけが別れの挨拶を述べに来た。

「次は都か、あるいは『現地』でお会いすると思います」

そう残して彼もまた都へと戻った。現地とは、隣国側で執り行われる式典会場のことだろう。果たして本当に招集は来るのか。ウリセスとしては、それを丸ごと信用してはいない。しかし、可能性のひとつとして先に情報が入ったのだから、出来ることはしておかなければならなかった。

ただ、少なくとも現時点で分かっていることは、監査官一行という脅威はひとまず収まったということだ。これで、ウリセスの自宅に来てもらっているレーアの父、あるいは家族全体が日常生活に戻ることが出来る。しかし、それが招集が来るまでの限定された期間であると考えると、ウリセスはとても尊いものに感じた。

「義父上、今回は本当にお世話になりました」

ウリセスは夕食後に、義父との時間を設けた。食堂の家族のいる前ではなく、男同士で話がしたかった彼は、応接室でコンテ氏とグラスを傾ける。

「こんなことならお安い御用です、またいつでも呼んでください」

ただし義父の方は、まだどうしても軍の時の記憶が抜けきれないようで、義理の父子というよりは上官と部下を思わせるやりとりになってしまうのが難点だった。

　ただこの時のウリセスは「またいつでも」という言葉に引っかかった。それは、実はそう遠くないことかもしれないからだ。彼が中央に招集されれば、この家は女だけになる。そうなれば、またコンテ家の手を借りるのは明白だった。

「ご迷惑をかけます……」

　そう考えると心苦しさが拭えない。自分の信じた道を歩くことが、家族への負担につながるかもしれない。それをウリセスは、これまでの軍人人生でよく理解した。だが、それでも自分の道を違えられないでいる。ただ揺らぐばかりのグラスの酒を、ウリセスはため息とともに見つめる。

「ちゅうた……いや、れんた……いや、ウ、ウ、ウリセス、くん……」

　いくつかの呼び方の流れを経てたどりついたその呼び方に、ウリセスはグラスから視線を上げた。

「ウ、ウリセスくん……その、だな……わしは、あんまりいい父親じゃないのです」

　いびつで整わない話し言葉を使い、コンテ氏はそう切り出した。少し顔が赤くなっているところを見ると、酔いが回ってきているのかもしれない。

「元々、わしは都に行けば一旗上げられるんじゃないかと思っていた田舎者です。案の定、すぐさま食い詰めて軍の募集に飛びついただけで、軍人になることに何ひとつ志なんかありゃしませんでした」

コンテ氏の話は、昔話になった。軍人になった後、都の花屋の娘だった妻と出会って家庭を持つものの、戦場と自宅を行き来する生活と短気な性格が災いして、なかなか子供たちとうまくいかなかったことを、彼はとつとつと話した。

「最後の戦場で、死んでもおかしくなかった時に……ウ、ウリセスくんに助けられて、わしはひとつだけ分かったのです」

その時のことを思い出したのか、うっすらと涙が浮かんだ目で、コンテ氏はウリセスを見る。そしてこう言った。

「志を持つ男の背中というものは、何と尊いものであるか、と」

だから、と言葉は続く。

「だからわしは……ダメな父親なりに志とやらを生まれて初めて持とうと思ったのです。ただ、いまでもどうしたらいいか分からずに、家族に迷惑をかけております」

退役するなりコンテ氏は故郷への引っ越しを決め、ここで木彫りを始めた。不器用ではなかったものの、これまで一度もやったことのない仕事。その道を、彼は家族のためだと信じてやろうとした。それが、コンテ氏の志というもののようだった。

「うまく志を持てていなくとも、持とうと思ったことは確かです。だから分かるんです、わしは。これを持ち続けるのは、何と大変なことだろうと。だからこそ思うんです、わしは……持ち続けている人はその大変な中を生きているんだと」

手に持っていたグラスをテーブルに戻した五十過ぎの男は、身を乗り出してウリセスを食い入るように見ながらこう言った。

「だからわしは、ウリセスくんのその志を、最後までしっかり持っていてほしいのです……その手伝いが出来るなら、わしはどんなことでも喜んでやりますとも」

義父の強い言葉に、ウリセスの方が気圧（けお）されそうになる。暗い影を落としかけたウリセスの心に必死に光を送ろうとしている。

コンテ家の人間はみんな根元が明るいと、ウリセスは思ったことがある。ルーベンでさえそうなのだから、子供から見て多少難のある父だとしても、やはりその根元に日が差していることは間違いなかった。

その光を、ウリセスは見つけた。

「ありがとうございます。これからも……よろしく頼みます」

ウリセスの返事は、ありきたりなものだった。しかし、誠実な気持ちを返す言葉を、彼はほかに見つけられなかった。

「お疲れでしょう」

コンテ氏との話を終えて部屋に戻ると、レーアは寝台に腰かけて待っていた。

立ち上がろうとする妻を、ウリセスは手で押しとどめる。その大きなおなかで立ったり座ったりするのは大変なはずだ。

「いや、大丈夫だ」

前よりもレーアはゆっくりと動く。特に前方に上半身を倒す動きがしづらいらしく、靴下を履くのに苦労している。さっきまで座っていた体勢も、腕をやや後ろについて上半身を後ろに傾がせていた。お腹の膨らみが窮屈なだけで、いまのところ体調に問題はないようだとウリセスは思っていた。

しかし、服を脱ごうと視線を妻から動かした時に、妙なものが目に入る。壁際の棚に、見慣れない瓶が載っていた。妻の化粧道具かと思ってじっと見ていると、「あっ」とレーアが声をあげる。彼が何を見ているか気づいたのだろう。

「そ、そこに置いてたんですね……私」

慌てて立ち上がって来ようとするので、ウリセスは瓶を取ると、逆に妻の方へと近づいた。そうすることが、一番安全だと思ったからだ。

「何だ？」

　それは素朴な疑問だった。女の使うものに詳しいわけではないので聞いたところで分からないかもしれないが、妻が大事そうに受け取る姿が気になった。すると彼女は、少し恥ずかしそうに顔を赤らめてこう言った。

「あ、あせもの薬です……」

　桃の葉から作られた薬だと付け足されて、果実だけでなく葉も役に立つのだなとウリセスは妙に感心した。

「いままで出来たことがなかったので困っていたんですが、セヴェーロが母に相談して持ってきてくれました」

　父親の御用伺いだけでなく、姉の相談にもさりげなく応じているセヴェーロの姿は容易に想像出来た。

　無意識なのか、レーアはおなかの上の方——胸とおなかの間の隙間辺りを軽く手でさすっている。そんなところにあせもが出来るのかと不思議だったが、よく考えるといまの彼女の体形ならありえることだった。

　ウリセスが監査官に対応している間に、妻はあせもと戦っていたというわけである。笑いごとではないのだが、ウリセスは自分の肩の力がすぅっと抜けるのを感じた。肉体的に疲れていたわけではないが、精神的には気が張っていたことを自覚する。

「かゆいのか？」

「少し……でもこれのおかげで楽になっていたんです。ただ瓶をどこに置いたか思い出せなくて……」

もごもごと、最後の辺りは言葉が濁り出す。どうやら今日は薬を塗っていないようだ。

「寝る前に塗るといい」

薬が見つかってよかったと、ウリセスは素直に思った。塗って楽になるのであればそれに越したことはない。だが、妻は瓶を持ったままもじもじしている。どうしたのかと聞こうとしたが、それより先に彼女の顔がぱっとウリセスを見上げてこう言った。

「あの、ウリセス……ちょ、ちょっと後ろを向いていてもらえますか？」

一生懸命告げられた言葉だが、ウリセスはしばらく、その意味がよく分からなかった。

もしや、と妻の姿を見る。

いつも通りの寝間着姿だ。上から下までつながっているそれを着た状態で薬を塗るためには、確かに上までたくしあげなければならないだろう。それをレーアは夫にも見せられないと思っているようだ。

「分かった」

具体的に考えてしまったために、ウリセスはどう反応していいのかよく分からないまま、とにかくそう答えた。しかし、それだけでは足りない気がして、言葉を付け足す。

「寝台に座って塗るといい」

立ったままだとよろけてしまう可能性があると思い、ウリセスは妻に落ち着いて目的を達成してもらうべく助言をする。

「だ、大丈夫です、いつもそうしています」と、赤らめた顔でレーアは答えた。それにうむと納得して、ウリセスは彼女から離れて背を向けた。ちょうど服を脱ごうとしていたところだったので、どうにも落ち着かない気分のままシャツのボタンを外し始める。

後方で衣擦れ(きぬず)の音や瓶を開ける音が聞こえてきたせいで、その落ち着かない気分はしばらく、ウリセスの中に居座り続けたのだった。

24　叫び声を聞けなかった男

「今日は、コジモくんとは口きかないの」

翌日、休みを取ったウリセスが、昼過ぎにコンテ氏を自宅まで送って行った後。帰宅した彼を待ち受けていたのは、ぷりぷりと怒ったジャンナと、髪と同じくらいしんなりしたコジモという姿だった。

監査官一行が帰ったことで、赤毛の姉弟もいつも通りに戻っていた。姉のフィオレは面白そうな笑みを浮かべているし、レーアも少し困ったようではあるがやはり笑みを浮かべているので、大した事件ではないのだろうとウリセスは理解した。

「何やったの？」

ウリセスの後ろから入ってきたセヴェーロが、膝を屈めてコジモに語りかけている。今日はセヴェーロも休みで、コンテ家から一緒に歩いてきた。義弟の目的は、久しぶりのコジモの相手だ。

「あーもうやだやだ、思い出すから言わないで」

両方の耳を手でふさいで頭を振ったジャンナは、ここにはもういられないと言わんばかりの足取りで、先に食堂へと消える。

フィオレは状況を説明したくてうずうずしているようだが、その元気な口は開かない。セヴェーロがいる時は特に、コジモに自分で語らせようと我慢していることが窺える。姉弟だけという生活から、この家に通うことになった環境の変化が、フィオレにも影響を与えていることが伝わってくる。

「あのね……蝉がね」

しょんぼりしながらもとつとつと、コジモはセヴェーロに向かってジャンナを怒らせた理由を説明し始めた。

この夏、コジモが生まれてから初めて蝉が鳴いた。学校に通う男の子たちは、当然のごとく珍しい蝉取りに夢中になる。コジモもそれに参加したものの、素手(すで)では他の子のように上手に捕まえることが出来ない。しかし、「あるもの」だけは上手に取ることが出来た。

それが――蝉の抜け殻(がら)だった。

これまで見たこともないような不思議な造形をしたそれは、コジモにとっては宝物に思えた。だから少年は、木の幹にくっついていたそれを数多く集めて箱に入れた。そして宝物だったからこそ、セヴェーロに見せて自慢したいと思い、このアロ家にその箱を持ち込んでしまったのである。

ここまで聞けば、ジャンナの身に何が起きたかは簡単に想像出来た。ウリセスの妹は、中身を知らずに箱を開けたに違いない。ジャンナにとって蝉の抜け殻は珍しくなく、宝物とは正反対のものに見えたはずだ。

コジモがまだゆっくりとセヴェーロに事態を説明している横で、ウリセスは妻に向かって一言こう聞いた。

「……叫んだか？」

多くを省略した言葉ではあったが、それでレーアには十分通じたようだ。ついでに近くにいたフィオレも何かを思い出したのか、大きく息を噴き出すように笑う。

「悲鳴をあげて箱を放り出したので……食堂の後片付けが大変でした」

レーアがジャンナに申し訳なさそうに、しかし我慢出来なさそうな笑いをこらえながらそう告げたため、さすがのウリセスも口元に笑みを浮かべてしまった。

食堂にばらまかれた蝉の抜け殻。絶叫して飛び出す妹。後片付けをする赤毛の姉弟など、見てもいないはずの光景が彼の脳裏で繰り広げられていた。

ジャンナの怒りですっかりしょげていたコジモだったが、セヴェーロが「僕も蝉の抜け殻を集めたことがあるよ」と言って味方についたおかげで、多少は気持ちも上向いたようだ。

それから楽しくも騒がしい赤毛の姉弟の学習風景を、ウリセスは食堂で見ていた。忙しくて休みが合わなかったため、こうしてきちんと見るのは初めてのことだった。学問においては弟の方が優秀らしく、セヴェーロに褒められてはにかむコジモと、レーアに訂正を入れられて「あはは、またやっちゃった」と笑い飛ばすフィオレ。

置物のように椅子に座ってその光景を見るだけのウリセスだったが、まったく退屈はしなかった。明るい良い午後だった。

今日の夕食は、コジモが大好きなマカロニ料理。さっそくセヴェーロに分けてもらって、コジモはすっかり上機嫌だ。ジャンナもさすがに食事で意地悪はしなかったようだ。

それに、先日コンテ氏に褒められた茄子とパプリカとチーズの炒め物。フィオレたちに振舞っていなかったので、さっそく自慢するために作ったのだろう。

「ジャンナ、これおいしい！」と、フォークに茄子を刺したフィオレが、嬉しそうに掲げて見せる。

「そうでしょ？　結構うまく出来てると思わない？」

こちらも蝉の悪夢を忘れようとしているのか、素直な言葉に満足そうだ。「本当においしいよ」とセヴェーロにも褒められて、ふふんととても機嫌が良くなった。

そんな中、コジモがこっそりと隣の姉の皿に黄色いパプリカを移そうとするものだから、ジャンナの目に燭台の炎がギラッと乱反射した。

「駄目よコジモくん、私の作ったものを残すなんて」

やはり今日の蝉の抜け殻の一件は、強く尾を引き続けているようだ。しかし、いまのジャンナの意見については誰も反論しないことに気づいたようで、コジモはようやく黄色いパプリカをもそもそと口の中に押し込み始めるのだった。

自分もニンジンを残そうとするだろう、とジャンナに対して思いはしたが、ウリセスは黙っていた。妹のささやかな名誉を守るためではなく、コジモが好き嫌いなく育つことを願ったからである。

「今度の十三年祭だけど……ちょっとくらいなら出かけてもいいわよね？」

皿の上の品評会が一通り終わった頃、ジャンナがそう切り出してきた。

許可を得ているというよりは、行けて当然と思っているような口調だった。ここしばらく、監査官絡みで家から出られなかった反動だろう。

ウリセスも鬼ではない。ふたつの問題点が乗り越えられれば、禁止する必要はなかった。

「誰と行くんだ？」

ひとつ目の問題点がそれ。それほど大規模な祭りではないとは言え、人通りは多いだろう。嫁入り前の娘が一人で出かけるのは、良いこととは思えなかった。

「フィオレの仕事が終わった後に、一緒に行く約束をしたの。コジモくんも一緒よ。ちょっと見物して、暗くなる前には帰るからいいでしょ」

ね、とジャンナがフィオレの方に首を傾けると、もぐもぐと口を動かしながら、赤毛の姉が首だけ縦に振って答える。多少不安な組み合わせの気もするが、一人で行くよりは遥かにマシだろう。

「僕も一応休みは申請してるんだけど……この間の勝ち抜き戦の日に強引に休んだから通るかなあ」

もしも休みであれば自分が同行したいという気配を匂わせて、セヴェーロが言葉を挟んできた。だが、この時のウリセスは、義弟がアテになるかもしれないということより、言葉の後半の方に意識を奪われていた。セヴェーロは、勝ち抜き戦を見るために休みをねじ込んだ派だったようだ、と。

「ルー兄さんは、休み確実なんだよね……でもルー兄さんだからなあ」

そのまま話は、セヴェーロの兄へと移り変わる。セヴェーロが休みを取れなかった場合に、ジャンナたちの安全を預ける相手としては、確かに微妙な部分があるだろう。ルーベンの腕っぷしを疑っているわけではないのだが。

「あ、ルーベンさんって蝉男なんでしょ？」

ジャンナが言ったように、ルーベンは祭りの主役の一人だ。いくら軍隊とは言え、平時であれば休みの融通は結構利く。ちゃんとした事情があればなおさらだ。だが、優先順位はある。この場合、セヴェーロの順位はかなり低い。少し前に休みをねじ込んだのなら尚のことだ。

「そうなんだよ。祭りの話を聞いてからすっかり浮かれまくってるよ……ちゃんと祭りの趣旨(しゅし)は説明したんだけど……多分聞かなかったフリをすると思う」

「ルーベン兄さん……」

末弟の言葉に、レーアが頭を抱えている。妻は次兄が傍若無人(ぼうじゃくぶじん)の限りを尽くすのではないかとずっと心配していた。セヴェーロの言い方からすると、その予想は大きく外れていなさそうだ。

「逆にルーベンに……ジャンナたちを預けた方がいいかもしれんな」

ウリセスは思考を逆転させた。ジャンナは既にルーベンの身内扱いになっている。そこへ子供まで加わって面倒を見なければならないとなると、さぞや身動きが取りづらくなるのではないかと考えた。ただし、ジャンナたちが町へ出るのは昼過ぎになるため、その前に存分にやりたい放題しているかもしれないが。

「え」

セヴェーロが、珍しくあからさまに嫌そうな表情を浮かべた。

「じゃあ、ルーベンさんが一緒なら行っていいの?」

しかし、ジャンナはそれを気にせずに話を強引に進める。もう何の問題もないなら、いますぐここで結論を——とにかくウリセスの言質(げんち)を取りたくて仕方ないようだった。それを彼は制した。

「俺の休みが取れるか、確認してくる」

もうひとつの問題点が、そこだった。おそらく取れるだろうとは思っているが、エルメーテに確認する必要がある。

「えー、ウリセス兄さんも一緒に行くの？」

しかし、ジャンナは兄の意図を勘違いしていた。

「俺は休みを取っても家にいる」

正しい意味を説明するために、彼はそう答えた。そして、視線を隣のレーアへと向ける。まだルーベンの心配をしていた彼女は、えっと驚いた顔をウリセスへと見せる。

「ああ、分かったわ」

ジャンナは言った。

「レーア義姉さんのお守(も)りね」

表現はよろしくないが、本質の部分は理解したようだった。ジャンナたちが出かけてしまうと、家にレーアが一人になる。監査官一行は引き揚(あ)げたので大きな不安事項はないが、もしも体調が悪くなった時に誰の手も借りられない状況を、ウリセスは避けようとしたのだ。

「お守り……」

レーアはジャンナの言い方が引っかかったようで、心配そうな顔をウリセスに向ける。お守り以外の言葉を探そうとするものの、ウリセスも自分の辞書の中に適切なものを見つけられなかった。

「ルー兄さんはね、見た目としゃべり方はちょっと意地悪だけど、ええと……」

ウリセスよりも深刻なのがセヴェーロの方だった。

過酷な洗礼を受けると思っているのだろう。よく分からないが、ルーベンに頼むとなると、コジモが気ということだけは伝わったらしいコジモは、自分にとって不穏な雰囲気ということだけは伝わったらしいコジモは、レーアよりも遥かに心配そうな表情を浮かべた。

「休み……僕が休みをもぎ取れれば、こんな心配しなくていいのに」

夏朔の時と同じように、セヴェーロはまたしても自分の休日の調整が甘かったことを呪っているようだった。

そんな義弟のことよりも——

「お守り……」

その言葉を気にしてもう一度繰り返す妻に、ウリセスはうまく説明しなければならないようだった。

25　幸せな午後を過ごした男

「こんちはー」

十三年祭の当日の午後、ウリセスの家の扉を叩いたのは——イレネオだった。

このコンテ家の三男は、分隊に二人も蝉男がいる関係で、分隊ごと上手に休みを取得していた。そして残念なことに、セヴェーロは本日も仕事となった。

それでも、少なくともここに迎えに来るのがルーベンでなかったことは、セヴェーロとコジモの心労を減らしたことは間違いなかった。

「お、お前がコジモか。よろしくなー」

人なつっこい笑顔で、自然に膝を折ってコジモの目の高さで語り掛けるイレネオの様子は、ウリセスからすれば見事なものだった。握手、と手を出してコジモの方からその手を取るまでにっこりと笑いながら待っている。

セヴェーロは優しい男だが、イレネオは人付き合いのうまい男だ。食い意地が張って少し目を離すことはあるかもしれないが、それ以外の心配は何もない。

「すまんな……帰りには寄ってくれ」

　いそいそと出ていこうとするジャンナやフィオレを横に、ウリセスはコンテ家の三男にそう告げる。

「おやすい御用だよ、義兄上」と、彼はにっと笑って答える。懐(ふところ)の深い、頼れる義弟だった。

「じゃあ行ってきます！」

　元気よくレーアにそう宣言するのは、フィオレだ。つい先日、彼女はウリセスの執務室に突撃してきてこう言った。

「もしも、連隊長殿がお祭りに休みが取れなかったら、私が家に残りますから！」

　それは、彼女なりに必死に考えた結果なのだろう。弟にとっては初めてのお祭りで、ジャンナも楽しみにしている。もしも、家にレーアだけを残していくことが不安なら、自分が祭りに行くのをやめると、本当に決死の覚悟をした顔で訴えたのである。

　補佐官席のエルメーテは、その声の大きさに頭を抱えていたが、ウリセスの感想は違った。個性的ではあるが、フィオレなりの「お姉ちゃん節」がそこに見られたからだ。

　弟においしいものを食べさせるために、ゴミ漁りまでした彼女は、弟のためならば恥という感覚が薄い。だからこうして、人の近づきたがらない連隊長室にも突撃出来る。

だからウリセスは、こう答えなければならなかった。

「大丈夫だ、休みの調整は出来ている。安心して弟と一緒に祭りに行くといい」

次の瞬間のフィオレときたら。そこが連隊長室であることも、完全に忘れていたに違いない。「ぃやったぁ！」と両の手を拳にして大声をあげた。

無言でエルメーテはガタッと席を立ち、喜びに打ち震えるフィオレを速やかに部屋から追い出して行った。相変わらずフィオレ嬢を苦手にしているようであった。


騒がしい一団が祭りに出かける姿を見送ると、突然玄関は静かになる。立っているのはウリセスとレーア。明るい時間に二人きりになることは久しぶりだと考え、逆に何をしたらいいのかよく分からなかった。

「食堂で縫物をしようと思います」と、レーアが言った。

もうすぐ子供の生まれる彼女は、実家の母からの助言でたくさん縫物を始めた。おしめに産着。大人物の古着を解いて作ることが多いらしいが、この家にはまだ古着と呼べるほどの服は少ない。そこにコンテ家の古着が差し入れされた。何とも男臭い古着ばかりだった。

「食堂の椅子は硬いだろう……応接室を使うといい」

ウリセスは妻のために裁縫道具と古着を運び、応接室の窓を開けた。扉も開け放っておく。そうすることで、わずかではあるが、風が部屋の中を通ってゆくのを体感出来る。

「これはイレネオの服、これはセヴェーロの服」と懐かしい思い出をたぐる表情で、レーアは古着の糸をハサミで上手に解いてゆく。ウリセスは、それを向かいの席から見ていた。

「……退屈じゃありませんか?」

彼の視線に気づいたのだろう。レーアが少し恥ずかしそうに、ウリセスにそう問いかけた。退屈なら、ほかのところでほかのことをしてきていい、という気配が言葉の中には漂っている。

ウリセスという男は、一旦仕事場から離れると役立たずだ。剣の訓練と柱時計のねじを巻くくらいしか家での日課を持たず、趣味という趣味もない。力仕事があれば役に立つのだろうが、いまのところそれもない。

「いや……」

だが、番犬くらいの仕事は出来る。古着がおしめに変わってゆくという、ウリセスには到底出来ない工程を眺めていることは、それなりに興味深いものだった。

そこまで考えて、ウリセスは結婚前の自分がこんなことを聞いたら、さぞや奇妙な顔をするだろうと思った。たった一年弱の期間だというのに、結婚というものはこれほど人間の思考に影響を与えるものなのかと感心するほどだ。

「そう、ですか？　あ、じゃあ……おしゃべりをしましょう」

黙って見られるのは恥ずかしいようだ。レーアが気を取り直したようにウリセスにそう話を持ちかける。「おしゃべり」という、他愛ない話を希望されて困るのは彼の方だった。気軽に話せるような話題は、持ち合わせていなかった。

「フィオレさんは、とりあえず文字を全部見ないで書けるようになりましたよ。読む方はまだまだですけど」

「そうか……」

「逆にコジモくんが、どんどん本を読むのが上手になってきて、セヴェーロが誕生季のお祝いというこじつけで、新しい本を贈ろうかと考えているみたいです……夏朔に一緒に神殿に行けなかったことをずっと悔やんでいたので」

「そうか……」

思い返せばウリセスにとってのレーアとのおしゃべりは、彼女が多くをしゃべり、それに自分が短く答えるものが多かった。心情は変わっても、それが彼を多弁にさせたりはしなかった。

「ウリセスは、どんな本を読みました？」

適当な相槌で返せない問いかけに、ウリセスは「そうか……」と言いかけた口を閉じた。それしか答えないというのなら、オウムでも代わりが務まるだろう。

仕事用の本は、数多く読んだ。しかし、その多くは資料として知識を蓄積するために必要だったに過ぎない。そしてレーアが、その答えを望んでいないことは分かっていた。

記憶を遡る。子供時代、兄と比べて剣を握っている時間が長かったウリセスは、特別本に思い入れはなかった。ただ、学校の勉強で本を読まされてはいた。

そう――「読まされて」いた。楽しんで本を読んだことはなかったなと、今更ながらにウリセスは自分の人生を振り返る。

「よく、覚えていないな」

正直に白状する。うっすら覚えている話もありはするのだが、童話のような単純な物語だけだ。どんな話だったのか妻に聞かれることを想像したウリセスは、ついそう答えてしまった。

「そう、なんですか……」

本の話題が膨らまなかったせいか、レーアの糸切りバサミを持つ手が一度止まる。もしかしたら、違う話題を探そうとしたのかもしれない。

「ただ……外国についての本なら少し読んだ」

ウリセスは、表現を少し変えることにした。資料として読んだ本の一部が、他国についてのものだったことを思い出したからだ。見方を変えれば、旅行記と言えないこともないだろう。

「まあ、暑い国のお話ですか？　寒い国のお話ですか？」

レーアは嬉しそうに顔を上げて、彼の話題に乗ってくる。

「寒い国の話だ……」

ウリセスは、出来るだけ分かりやすい言葉で、しかしどうしても軍人らしい説明から逃れられないまま妻に話して聞かせた。レーアは、分からないところでは首を傾げ、少し笑い、思い描くように天井を見上げた。

暑さを忘れるような、穏やかな午後だった。


そして、騒がしい夕刻が始まる。

「ただいまー」と帰ってくるジャンナとフィオレとイレネオ。少し遅れて小さく追いかけてくるコジモの声。

そこまでであれば、ウリセスの想定通りだった。

「よぉー」

一番最後に、頭に茶色い布を巻いた男が現れなければ。

「ルーベン兄さん……もう酔ってるの？」

出迎えに一緒に出たレーアが、困ったようにコンテ家の次兄ルーベンを見上げて言った。

「いいだろ、俺は蝉男なんだから」

何がいいのか分からないが、顔を酔いで赤くした男はレーアの額を小突く。ウリセスは彼女の背後を支えた。小突かれたくらいで、レーアはよろけはしなかったが。

「せっかくだからルー兄さんも連れてきた」

意外な一言を、イレネオが言った。ルーベンが押しかけてきたのではなく、イレネオが誘ったというのだ。

「ほら、ルー兄さんは蝉男だから」

言っていることはルーベンと良く似ているが、イレネオの発言の意味合いは違うようにウリセスには伝わった。

「あ、ルーベン兄さん……触ってもいい？」

レーアにも伝わったようだ。幸運を運んでくる蝉男。運に頼って生活をしているわけではないが、出産を控えた妻にとっては、そんなささやかな迷信でさえ心強い味方になるのだろう。

「おう、触れ触れ……そこのチビスケは怖がって最後まで触れなかったがな」

　意地悪な笑みを、低い位置のコジモに落とすルーベン。おびえた少年は、イレネオの後ろに隠れてしまった。すっかりイレネオにもなついたようだ。

「もう、どうせコジモくんを脅(おど)かしたんでしょう」

　膨れながらもレーアは手を伸ばす。兄妹として慣れている動きで、彼女はルーベンの腕を軽く叩く。それで十分触ったことになる。

「すごかったですよー、ルーベンさん」

　物怖(ものお)じしないフィオレが、すごいものを見たとばかりに目を大きく開いて土産話(みやげばなし)をしようとする。

「夕食の準備はお昼にしていったから、その話は食事の時にゆっくりしましょ」

　このまま玄関先で祭りの話が繰り広げられそうな気配に、ジャンナがパンパンと手を打つ。そしてウリセスの方を見た。

「席が足りないから、男の人たちは応接室でいいわよね？」

　食堂におさまり切らない人数を、妹が男女の線で区切ろうとする。次の瞬間の、コジモの助けを求める目。明らかに食堂の方に行きたがっていた。よほどルーベンに脅かされたのだろう。

「おう、お前さんは男だよなー、こっちだこっち」

「……！」

そんな弱い部分をルーベンの前で見せればどうなるか、まだコジモは理解出来ていなかった。肩をつかまれて、声にならない悲鳴をあげる。

「大丈夫大丈夫、俺もいるから」

それを速やかに助けるのはイレネオだ。少年の不安を拭う笑みは、見事だとウリセスは思った。

しかし――

「コジモくん……イレネオさんにお肉取られないようにね？」

ジャンナの一言は、イレネオの笑みを大きな笑いへと変化させた。そして、「大丈夫、半分は残すよ」と、本気なのか冗談なのか分からない返答をする。

「残りの半分は、俺が取るけどな」

そこへ大人げない男代表のルーベンまで参加するものだから、レーアに「もう、二人とも！」と怒られる羽目になるのだった。

26　抱きしめた男

蝉は、相変わらず鳴いている。

十三年祭も終わり、ウリセスは暑いことを除いては、問題のない日々に戻ろうとしていた。

祭りでルーベンは、随分評判を落としたようだ。翌日エルメーテが、「酔って蝉女以外の女性に抱きつき回ってました」と、嫌そうな顔で報告してきた。前に補佐官は、蝉女は夫や父親が一緒にいるから大丈夫だと言っていたのだが、まさかそれ以外を狙うとはさすがのエルメーテでも想像出来なかったのだろう。

ジャンナたちが合流した後は少しはおとなしくなっていたようで、初めて耳にする内容に、ウリセスは眉間に一本の縦皺（たてじわ）を刻んだ。さすがにこの話を、レーアにすることは憚（はばか）られると思ったのである。ルーベン本人は、まったくそんなことも気にせず、相変わらず自分のやりたいように生きていた。

セヴェーロは、頻繁にコジモの相手をするためにアロ家を訪れ、新しい情報を持ってくる。父親のコンテ氏が、いつでもウリセスの家に泊まりに行けるようにと、専用の鞄を常に用意していること。長兄トビアの妻が、二人目を妊娠したこと。

この間、ついにセヴェーロが自分用の剣を買ったことを教えたのは、本人ではなくイレネオだった。だが、まだまだ腕前が追い付いていない状態で、一丁前に腰にさげているのをウリセスに見られるのは恥ずかしいと、家に置いてきているという。それをイレネオが話すということは、少しばかり兄として悔しいところがあるのだろうか。

セヴェーロはいい剣を買ったらしく、ルーベンが弟からそれを奪い取ろうと毎朝剣の稽古の時に無理難題をふっかけているらしい。イレネオも、エミリアーノとミルコに挟まれながら日々剣の精進を続けているようだ。そう遠くない将来、イレネオも剣を買うのではないかとウリセスは思った。

「ピエラ義姉さんに、何を贈ろうか悩んでいます」

そして、ウリセスの妻レーアのおなかの子も順調に育っている。人の妊娠の心配をしている暇はないように見えるが、妻がとても楽しそうに話をしているので、それに水を差すことはウリセスには出来なかった。

しかし、伝えなければならないことは、待ってはくれない。時間が進むと世界は動く。

ついに――停戦記念式典出席のための招集状が、正式に送られてきたのだ。

パトリツィオから情報がもたらされた時から、ウリセスはそれを忘れたことはなかった。だが、妻に伝えるにはまだ不確定な状態でもあった。どこから横槍が入って、事態が変化するか分からなかった。

それが、ついに確定した。

「レーア……」

夕食の後、寝室で義姉への贈り物について考えている妻へ、ウリセスはそう呼びかけた。不思議そうな瞳で言葉を止めた彼女の手を取って、寝台に座らせる。ウリセスもまた、その隣に座った。

「どうか、なさいました？」

ウリセスの雰囲気が違うことは、レーアは気づいているだろう。表情はさして変わらずとも伝わることはある。

「遠方の仕事が入った……夏の下月から一月と少し、ここを離れる」

対する妻は、穏やかな性質ではあるが表情は分かりやすい。ウリセスの言葉に、最初に驚いてそれから少し呆けて、はっと我に返って何か一生懸命考えている。

「え、遠方って……一月って、ええと、どちらに……一月ということは秋の上月になるからええとええと……赤ちゃんは」

聞きたいことが多すぎて、レーアが混乱しているのが分かる。「説明する」と、ウリセスが殊更ゆっくりと言葉を紡ぐと、落ち着かない目の動きなりに彼女はその口を閉じた。

「隣国との停戦の記念式典がある。それに招集された。行先はベキア王国だ。だが、戦争に行くわけじゃない。式典が終われば帰ってくる……ただ、距離の関係でどうしても移動に時間がかかる」

都まで大体馬で七日。そこから更にベキアの国境まで七日ほどかかる。往復するだけで軽く一月だ。

ここまで耳を澄ませながら、それでも呑み込みきれていないレーアに、ウリセスは続けてこう言わなければならなかった。

「子供が生まれる時までに、帰って来られないかもしれん」と。

彼女は、ウリセスを見上げたまま、まばたきを何度も何度もした。そうすることで、彼の言葉を少しずつ咀嚼しているように見えた。そのまばたきが次第にゆっくりになり、そして止まる。

「ウリセス……大丈夫、ですか？」

最初に彼女の口から出てきたのは、ウリセスを心配する言葉だった。

そうではない、と彼は思った。心配しているのは、ウリセスの方だ。夫がいない状態での初産が、どれだけ不安なものなのか、彼には何ひとつ分からない。何ひとつ分からないのだ。

ウリセスは自分の身を自分で守ることが出来る。そうあるべくこれまで精進し続けてきた。だから、彼自身への心配は何ひとつ必要ない。

「問題ない」

なのに、その思いをうまく言葉に出来ない。レーアが心配することはないのだと伝えることしか出来ない。それを彼はもどかしく感じた。

「問題ない……俺は俺として、やるべきことと出来ることをしてくるだけだ」

言葉を付け足してみても、それで妻に正しく自分の感情を伝えられた気にはならない。どうすればいいのか、どう言えばいいのか分からずに、ウリセスはただレーアを見つめた。

「私も……問題ありません。先日、父にも言われました。軍人の妻は、ある日突然夫がいなくなる時があると。大きな仕事をしている男ならば、なおさらだ、と」

彼女は少し寂しそうに、それでもまっすぐにウリセスの目を見る。彼女の瞳の中に、夫としては落第な男が映っている。

「父は、好きで家族から離れる男はいないと言っていました……私は、父がここに泊まっている時に初めてそういう話をしました」

嫁に行った娘と、しばらく一緒に暮らす機会を得たその父。二人が話したという言葉のひとつひとつが、ウリセスに突き刺さる。彼がここで紡げない言葉を、代弁してくれる男がいた。

「私が子供を産む時に、ウリセスがそばにいたいと思ってくださっていることを、私は何ひとつ疑っていません……だから、大丈夫です」

ああ、と。嗚呼（ああ）と、彼の心の中で嗚咽（おえつ）が逆巻（さかま）く。

レーアに信じられている現実が、ウリセスを幸福という名の鞭（むち）で打ちのめす。こんな妻を得た男は、この世にどれほどいるというのか。どれほど自分が恵まれているのかを思い知る。

「必ず……やり遂げてくる」

だからウリセスは、妻にそう告げた。パトリツィオ陣営や敵対伯爵陣営、そして敵将クヌートの思惑が交差する複雑な式典へ乗り込むことを、彼はその言葉の中に詰め込んだ。安穏（あんのん）とした場所ではないだろう。荒事（あらごと）に発展するかもしれない。

それでも、必ずそれらを乗り越えて帰ってくるのだと、ウリセスは妻に宣言した。全てをひっくるめて「問題ない」のだと。

レーアは、ゆるやかな動きで視線を下げた。手を持ち上げて自分の膨らんだおなかにあ

てる。

「この子と二人で……待っていますね」

ウリセスはベッドからゆっくりと立ち上がった。妻の前に立つ。手を伸ばして膝をついて、座っている妻を抱きしめる。

言葉にならない感情を持て余しているウリセスに、レーアはふふふと笑った。笑ってこう言った。

「ウリセスには幸運がついています……私のおなかには、蝉男か蝉女がいるんですから」

ウリセスは長い時間、そんな妻を子供ごと抱きしめたのだった。

番外編　エルメーテの日記

冬：上月

【一日】

冬朔で軍も店も休み。いきなり寒い。やっとゆっくり出来る日が来たので、冬服の衣替えを済ませておく。冬は重ね着が出来るので、いろいろ組み合わせが楽しめていい。領主様のところで下働きをしている従弟（いとこ）がやってきたのはいいが、吟味していた服をちょろまかそうとするので首ねっこを掴んで止める。情報をもらうので礼はするにしても、その服は置いていけ。従弟は、少し信心深くなった方がいい。神殿に行けと言っておいた。そういえば、今日は連隊長は奥方と神殿にでも行っただろうか。いやもう、連隊長はお菓子をもらう年じゃないだろうから、家でおいしいカブ料理でも食べるだけかもしれない。別にうらやましくはない。

明日は、妹の店も開くだろうから頼んでおいた帽子でも取りに行くか。連休万歳。

【二日】

休み。店の手伝いは午後からにしてもらって、妹の店に行く。この辺では、ちょっと名の知れた仕立て屋だ。兄の欲目ではないけれど、妹のエリデが嫁いでから前よりももっとセンスが良くなった。欲目ではない。

エリデの店で連隊長一家と遭遇。いつもと大して変わらない連隊長。奥方も元気そうだ。噂の連隊長の妹を初めて見た。最初は後ろ姿だった。予想より背が高いが、手足が長く服を映えさせるスタイルの良さだ。長い黒髪を巻いて更に艶やかに見せている。そして彼女がちらりとこちらを振り返った。若々しい肌に白粉を乗せ、唇にも朱を差した彼女は、キツめの目元も十分足し算に加えていいほどのお洒落な娘だった。

こんな田舎町では、なかなか見ることの出来ない逸品である。眼福だ。連隊長の目つきは引き算でしかないが、彼女のそれは男を睨む時に、どれほどの威力を発揮するだろうかと思わせる。若いせいか、まだ少しあどけなさが残るが、もう数年すれば男を手玉に取れるだろう。

おっと、こんなことを考えていると知られたら、連隊長に殺される。僕も命は惜しい。都の役者絵を見るかのように、遠くで見るにとどめておこう……と思ったのに、エリデが彼女に薦(すす)めている外套(がいとう)が気に入らない。彼女を袖丈(そでたけ)の足りない服を着せたかかしにする気か。食品もそうだけど、良い素材を殺すような味付けは許せない。仮縫(かりぬ)い中の服を持ってこさせる。予想以上に映える。しかし、まだ服が負けている。ボアをつける。一気に華やかさが上がる。ようやく彼女に見合うようになった。

でもまだ足りない気がする。というより、彼女のすんなりとした身体に、ぴたりと這(は)う服が見たい。身体の線が美しすぎる。その美しいものを全て外側に浮き上がらせたい……なんて言うと、世間の頭の固い老人たちが発狂するか卒倒するだろう。都であっても許されないことが、この田舎町で許されるはずがない。そして、そんな気持ちは決して口にも出せない。「妹さんの身体、とても素晴らしいですね」なんて未婚の女性について言おうものなら、間違いなく連隊長になます切りにされる。やっぱり僕も命は惜しい。良い素材に会ったことだけを幸福として、彼女のことは忘れよう。

……でも、もう一回見たい。店に誘っておく。うわっ、あからさまに連隊長の警戒度が上がった。やばいやばい、明日突っこまれた時の言い訳を考えておこう。

【三日】

連休明け。なのに連隊長と顔を合わせても久しぶりという感じはない。昨日会ったせいだろう。こっちへの牽制が来る前に、連隊長の調子を崩しておく、というか本当に崩れるのか、この人の調子。それが驚きだった。まさか、奥方より妹の方が好きとか⁉　違った。良かった。話に聞いてはいたが、妹はよほど連隊長の目から見て危なっかしいんだろう。連隊長を振り回すとは、さすがだなと昨日の彼女の目を思い出した。い、いや、別に僕はやましい気持ちはない。ほんっとに、僕は自分の命が大事なんだ。

ああ、でもやっぱり彼女の外套、もう少し手直しさせたい。帰りに妹の店に寄ってこよう。まだ本縫いには入っていないはずだ。いや、入っていたとしてもちょちょいと直させればいい。

【四日】

直しのついでにエリデから完成予定日を聞いてきたので、連隊長に報告する。女性の服の出来上がりの件で連隊長と話をするなんて妙な気分だ。向こうも同じ気分らしい。口を挟まれない内に、さくさくと連隊長の予定を決めておく。いいから全部頷いておいて。

それから、うちの店に昼食に誘う。正直、出来上がった外套を着ている彼女を見たい。見るだけでいい。見るだけなら神様だって許してくれるはずだ。連隊長閣下は鬼なので神様とは違うから許してくれないだろうが、黙っていれば分からない。昼食に寄る言質を取った。よし！　あれ、何で僕はガッツポーズしてるんだ。

【七日】

最近機嫌のいい僕に、副連隊長の次席補佐官から、機嫌の余りよろしくない情報が入る。空いていた副連隊長の三席補佐官の席を、来季入る新人で埋める可能性があるというもの。入隊と同時に補佐官とは、余程家柄がいい奴かゴリ押し出来る権力者の子弟が来るんだろう。

副連隊長は、権力にはとても素直な人だ。悪い人ではないんだけど。まあそのおかげで、年下であっても連隊長に歯向かおうという気は微塵もないのは助かる。まだ詳細は入ってこないが、入隊募集をかける時期に聞こえて来たのが気にかかる。前々から準備してたんじゃないだろうか。とりあえず、今後も情報をもらおう。

【十日】

休み。今日は連隊長一家が、店に昼食をとりに来る日だ。外が真っ暗な内に起きて仕入れに出かける。最高の鶏を手に入れた。鶏の見極めも上達した気がする。焼く、煮る、揚げる……悩んだ末にフリッターにすることにした。

連隊長一家が来店。コンテ夫人が相手をしている声が、微かに厨房に聞こえてくる。その会話が一段落する頃に挨拶に行く。連隊長の仏頂面（ぶっちょうづら）は分かっているので適当に挨拶して、本命を見る。

いい……すごく、いい。

冬の、身体を包み隠してしまうはずの外套が、ジャンナ嬢の美しい脇のラインをそのまま表している気がする。肩から袖へのラインも、想像していたものよりずっといい。服に着られる女性は数多く見てきたが、服を征服する女性は初めて見た。はあ、眼福だ。連隊長にバレないように、さらりと流すのにどれだけ苦労したか。

コンテ夫人が鶏のフリッターを薦めてくれたらしく、注文が入る。女性陣に、サービスで洋ナシのパンチを届ける。少し空気が不穏だ。主に連隊長とジャンナ嬢の間で。ジャンナ嬢はパンチですぐに機嫌を直したが、連隊長は直らない。連隊長もパンチが欲しかったのか？　いや、それはない。ジャンナ嬢が、僕をちらちら見ているのが気に入らないんだろう。僕もちらちら見たいのを我慢してるんだから、連隊長も我慢してほしいものだ。

帰り際、店員の特権でジャンナ嬢に外套を着せ掛ける。背中のラインを見たかった。なだらかな腰へのラインも完璧だった。連隊長が憎たらしい。いつもこんな妹の身体を見ながら生活しているかと思うと。その価値が分かっていないことが尚更（なおさら）腹立たしい。

今夜はいい夢が見られそうだ。頭の中で、あの外套を着たジャンナ嬢に、いろんなポーズを取ってもらう。ところどころ欠けてしまうのは、想像だけでは補えない部分があるからだ。

触ってみたい。触ると殺される。ああ、僕もやっぱりただの男だった。

【十三日】

連隊長に、ジャンナ嬢からのお礼を渡される。目が怖い、見下されている角度なのでなお怖い。心の中を読まれている気がする。棒読みで流す。バスケットを開けると、きつね色のカップケーキが入っていた。家庭的な女性には見えなかったが、結構うまそうだ。ぱくりと食いつく。うまいけど違和感。料理ってものには、人となりが出るものだ。どうも、ジャンナ嬢の人物像と合わない。

素直にそう言うと、奥方の名前が出てくる。なるほど、ぴったりの奥ゆかしい味だ。納得する。ジャンナ嬢の味が微塵も出ていないということは、よほど料理の才覚に乏しいのが分かる。

これより出来の悪いカップケーキが連隊長に贈られたと聞いて、おかしくてたまらない。別に菓子が欲しいわけではないくせに、僕より悪いものを贈られたのが気に入らないのか。

それとも、ジャンナ嬢から僕に向く気持ちが気に入らないのか、とにかくいろいろなんだろう。男親か、と突っ込みたい。しかし、本当の男親ならこんな顔では済まないだろう。

あんまり笑っていたら、やぶへびが飛んできた。連隊長と訓練とか冗談抜きで勘弁。急いで逃げたが、逃げ切れなかった。結局戻ってきたところをとっ捕まる。連隊長と剣持って向かい合うくらいなら、ジャンナ嬢に着せる衣装を持って向かい合いたい。地獄と天国ほど違う世界だ。

挙句、補佐官の仕事をしながら基礎訓練にも出るよう言われる。基礎訓練に出ないなら俺と訓練だと言われ、一も二もなくよその上官にしごかれる方を選ぶ。何とか二日に一度の訓練で妥協してもらった。体力を使い過ぎると、頭も回らなくなるから困る。その辺のことを、あの体力お化けが理解することはないだろう。「もっと体力をつければ問題ない」と言われるのが関の山だ。

ああ本当に疲れた。明日は筋肉痛でガタガタだ。

【十六日】

仕事が終わって家に帰ると、領主様のところで下働きをしている従弟がにやにやしながら待っていた。「いいネタあるんだけどな」と言って、金か服をせびる。領主様、こいつは絶対解雇した方がいい。僕も、もうちょっと良質な情報筋が欲しい。情報次第だと言って譲らないことにする。情報は欲しいが、足元は見られたくない。

小銭欲しさについに折れて従弟が吐く。領主様の甥が来季、軍に入隊するというのだ。どの甥か問い詰めたところ、女の尻ばかり追いかけている男だった。あんな男が、ムサ苦しい軍隊に入隊するのが不思議でならない。親が強制的に放り込んで性根を直そうという考えか、はたまた……。この男が、副連隊長の補佐官の三席に座ると考えるのが妥当か。しかし、僕の後釜だと思うと眩暈がする。補佐の先輩方には、同情する。

【十八日】

春から入隊する新兵の募集に当たり、募集基準の改正が行われたと今頃になって中央から届いた。一読したけど、どこが改正されたのか分からない。以前の書類を引っ張り出して比較する。微妙に入れ替えられてはいるが、内容は変わってない？　いや、そんなはずはない。三回読み返す。

見つけた。何で「男に限る」という一文を抜いた？　いや、抜かれたところで何の変化もないだろうけど、何故わざわざ抜いた？　中央には当てがあるということか？

気になることだったので、一応連隊長に報告。連隊長も眉間に皺を寄せて奇妙な顔をしていた。「何か変わると思うか？」と聞かれた。「都ならいざ知らず、ここでは変わらないでしょう」と答えた。田舎に行くほど古臭いしきたりが立ちはだかるものだ。「そうか、ではそれで募集告知を出せ」と決着する。お互い、それでも微妙な間があった。変な話だ。一応、気にかけておくことにする。

【二十日】

連隊長に、まさかの恋の相談を持ちかけられる。勿論、本人の、ではない。それは気持ち悪い。想像したくもない。連隊長の妹のジャンナ嬢のことだ。光栄なことに、僕に恋患いをしてくれているという。本当に不本意だがと言わんばかりの目つきの悪さで伝えられ、僕は笑いをこらえるのが大変だった。

これは、チャンスか？　それとも試練か？　ジャンナ嬢をごく普通の花嫁に仕上げるために、何らかのアイディアを僕が出せるらしい。他人の男にくれてやるために？　それは、馬鹿馬鹿しい。

さて、どうしよう。慎重に事を運びたい。連隊長閣下に邪魔されず、なおかつ彼女をやる気にさせる……渡るには相当細い綱のような気がする。

少し考えさせてくださいと、連隊長閣下には返事をした。いまのところ、いい案は浮かんでいない。目を閉じて、彼女の姿を思い浮かべながら案を考える。時々、連隊長の睨む目がチラついて集中出来ない。邪魔しないで欲しい。大体、こんな大事なことはすぐには決められない。返事は明日に延ばしてもらった。

【二十一日】

考えた。決めた。この前者と後者は同じようでいて、同じではない。考えることは自由だ。どんな真面目なことでも、馬鹿馬鹿しいことでも頭の中で巡らせるだけならそれは同列だ。だけど、決めることは違う。決めたことを、それもあの人に言うことは違う。

あの人は、「男は口に出した限りはやり遂げなければならない」と考えているような男だ。暑苦しい。そう、その暑苦しい男に、僕は決めたことを言わなければならない。

いつも、僕は考えることは得意だった。情報を得て、頭の中で転がして、自分がいい場所にいられるよう計算してきた。それはいつも、自分に都合のいい計算の結果を提示していたのであって、決めたこととは違っていた。そんな僕が、決めた。

最初が肝心だ。一撃目で連隊長を押し込まないといけない。「連隊長閣下は、僕にジャンナ嬢を下さるんですか？」——これでいいんだ。そして言った。言ったぞ。さあ、戦争だ。

「妹さんを僕に下さい」が、正攻法の良い言葉だとすると、僕の言葉には最初にあの人を引き摺り下ろすための鉤がついている。頭は下げない。この件に対しては、男と男で対等だ。対等だからこそ、僕は全部の力を出さなければならない。計算だってそのひとつだ。

決めた。ジャンナ嬢を妻にすることを決めた。美しいが、妻としては問題の多そうな彼女を、だ。僕が育てる。僕を知ってもらう。その上で、僕の妻にする。

とにかくしゃべる。僕にとって言葉は一番の武器だ。鋼の一番弱い部分を狙って叩き付け続けるしかない。ここにはいない都の兄さんの話を出すのは、無意味だって分かりますよね。いま僕が戦ってる相手は連隊長なんですから。

まだ説得出来ないのか……って、さっき「わ、かった」って言いました？　説得出来てた！　連隊長が納得した！　自分の妹を、こんな小賢しい男に嫁にやると決めてくれた。最強の剣が僕についてくれた。問題は、その剣を奥方には向けられないことなのだが、そこは自身で何とかして欲しい。これで僕は、ジャンナ嬢と向かい合える。

【二十二日】

連隊長宅に夕食に招かれる。ジャンナ嬢は美しかった。手持ちで許される限り自分を磨き上げているのだ。当然だろう。僕を熱っぽい目で見つめて、熱心に話しかけてくる。その間、連隊長は相槌に徹して(てっ)くれた。僕を信用して任せると言ったことを体現してくれたんだと思う。兄の邪魔が入らないと分かったジャンナ嬢は、なおも前のめりになってくる。美しいジャンナ嬢。その目に、本当の僕は映っているかい？

僕は優しい男ではない。優しいフリをしている男だ。それを隠すのがうまいだけの男だ。そんな僕を知ってなお、彼女が僕への心を残してくれるなら、僕はきっと彼女を愛せる。それならどんなに面倒くさいことになってもいい。

だから僕は、一人で見送りに出た彼女にこう言った。

「で、君は何が出来るんだい？」

引っぱたかれるかと思ったが、そうじゃなかった。美しいジャンナ嬢。これは僕と君の戦争でもある。どうか僕と戦っておくれ。

【二十三日】

朝早くから、連隊長室に閣下がいた。僕より早い時間だったため二度見した後、目に寝不足らしい淀みが見えた。僕は理解した。連隊長は、奥さんに怒られたんだ、と。「怒られて」「寝不足」の組み合わせで考えられるのは、眠れなかったか眠らせてもらえなかったか。どっちにせよ、やっぱりあの奥方はすごい。自己管理の厳しい連隊長を寝不足にさせてしまうのだから。これが噴き出さずにいられようか、いや無理だ。慌てて口を手で覆う。苦しい。でも我慢だ。だが、そんな我慢も限界だった。あのジャンナ嬢が、薪に僕の名前を付けてかまどに放り込んでいるというのだから、決壊もやむなしだ。

いいよ、素敵だジャンナ嬢。美しく着飾った君は僕の目を楽しませてくれるけれど、僕へ向けていた感情を怒りに変えた君は、きっと別の意味で美しいんだろう。今すぐこの目で見られないのが残念だ。

連隊長の奥方の心象が悪くなったのは困ったことだけど、これでジャンナ嬢が戦いの場に上がってくれたのは間違いない。戦おう、ジャンナ嬢。最後に君と抱き合えたら僕の勝ちだ。君の勝ちがどこにあるか、僕も見てみたい。僕も少し暑苦しさが伝染したようだ。

【二十四日】

連隊長が普通通りの時間に普通通りに勤務についた。目も淀んでない。良かった。奥方とは仲直りしたんだろう。しかし、あの鬼の連隊長ともあろう方が奥方の怒りひとつで寝不足とは。意外と繊細なのか、奥方がああ見えて実は強いのか。どっちも微妙に想像つかないな。連隊長夫婦のことを、詳細に想像したくないことに気がついた。うん、いろんな連隊長を想像するのは気持ち悪い。いまのままでいいや。

「ジャンナ嬢の様子はどうですか?」と聞いてみる。「まだ分からん」と言っていた。昨日の今日だ。それもそうか。

【二十五日】

ジャンナ嬢の様子を聞いてみる。「熱心にやっているようだ」とあの人が答える。「そうですか、良かったです」と答えると「……お前はまだ薪扱いだぞ」と言われた。「光栄です」と答えた。家に帰って思い出し笑いしたじゃないか。

【二十六日】

「明日、連隊長宅にお邪魔していいですか?」と聞くと、歓迎していない顔がこっちを見た。ジャンナ嬢が、まだたっぷり僕に対して怒っているから、それはまずいと思っているんだろう。知ってますよ、そんなこと。

でも、その怒りを落ち着かせてもらっても困るんです。怒ってすっきりしたら、きっと彼女は僕のことを忘れようとするでしょうから。すっきりしてもらっては困るんです。憎らしい奴として、視界をチラチラしていなければならないんです。薪が燃え尽きたら火は消えてしまうんですよ。

「ちゃんと考えてやっていますから」と言ったら、しぶしぶ許可が出た。ただしこれは不意打ちでなければならない。連隊長が今日それをジャンナ嬢に伝えてケンカが始まり、ヘソを曲げて部屋に閉じこもってしまうかもしれない。「明日まで秘密にしてくださいね」と言ったら、連隊長が眉間に皺を刻んだ。奥方のことでも考えているんだろう。

【二十七日】

連隊長宅にお邪魔した。「何をしに来たの⁉」といきなり毛を逆立てて拒絶された。猫みたいだ。僕の厳しい言葉に受けて立ってくれた。色気を差し置いて僕に剣を向けてくる。拙い料理を拙いと言う。心が痛む。十六にもなってこんな技術も心もない料理しか作れない躾を、親から受けていたなんて。アロ家はどうなってるんだと問い詰めたくなるが、連隊長を見れば分かる。アロ家の実家は、子育てのバランスが悪い家だ。軍人として剣の部分に特化し過ぎた連隊長と、女として外見の美のみに特化しすぎたジャンナ嬢。特化型、大変結構。その特化部分はそのままに、もっといい女にしてやればいい。連隊長は知らん。途中でジャンナ嬢がついに退席。最後まではもたなかったか。また来るよ、ジャンナ嬢。

【三十日】

明日から中月か。入隊試験がある月だ。今年の応募は少ないだろうな。国内は絶賛復興特需中だし。軍人より土木作業員の方が人気なのは、この町をすぐに出て行けるってのもあるんだろう。違う世界を見たいって気持ちはよく分かる。僕はまだ出て行かないけどな。

冬：中月

【一日】

よその部隊からの伝令の中に、連隊長への連絡が交じっていた。都の中隊長が、ここを訪ねるというものだった。連隊長は、「ああ、あいつか」と少し顔を顰めた。嫌いな奴かと思いきや、昔からの友人らしい。連隊長の友人なんていう、稀有なものをこの目に出来そうだ。どんな男か想像がつかない。でも、相手は都から来る軍人だ。こちらでは手に入らない情報はたくさん持っているだろう。どうにか、連隊長抜きで話をする機会を作りたい。

【三日】

連隊長の友人襲来。まさに襲来だった。まず、連隊長室を「おう」という野太い声と共にノックなしで開けて入ってきた。ありえん。階級的にも連隊長より下なんだぞ。いくら友人でも、勤務時間中にこれはない。「ノックくらいしろ」「こまけぇことは気にすんな」「ふざけるな」「いやあ、相変わらずすがすがしいほどの目つきの悪さだな」というカンジで挨拶が交わされる。既に友人は連隊長を抱き込むようにして、背中を叩いている。冬だというのに暑苦しい光景だ。連隊長に無下に払いのけられていた。

濃いなこの男、というのが僕の第一印象。顔だけじゃなくて全部。そして、肝がやたらデカイ。いくら友人とは言え、連隊長とこれほど気安い関係だとは思わなかった。ちょうど仕事終わり間際のことだったので、この後一緒に帰るのかと思いきや、いきなり客人が消える。「ほっとけ」と言った連隊長だったが、帰り際軍服の胸ポケットを怪訝そうに二回叩いて顔色を変えた。家の鍵をすられたという。最初の大げさな抱き合いの時にあの男がやったのか？　友人じゃなかったのか？　っていうか、何で鍵なんかすったの？　連隊長からすれるとか、どんだけスリ力高いの？　そんなのが中隊長でいいの？

想像を超える男に疑問でいっぱいになっていたら、もう連隊長は帰っていた。あの男を追いかけたんだろう。鍵をすったということは、家に向かっている可能性が高い。連隊長を出し抜いて、夫人でも見に行ったんだろうか。結婚式に呼んでいなかった気がする。少なくとも宴席に、あんな濃い男はいなかった。しかし、夫人を見るためだけにわざわざ鍵をするだろうか。

情報が足りないが、明日あの男が五体満足でいたら、相当の人間ということが分かる。確認したら、馬を預けていったらしいので、また明日来るということだ。うう、気になるが明日まで我慢だ。

【四日】

出勤時、連隊長とあの男に遭遇。五体満足過ぎる。どれだけ化け物なんだ。あれだけ傍若無人な態度を取りながら、連隊長と一緒に歩けるのはおかしい。連隊長の方が余裕がない光景を見るなんて、初めてかもしれない。いまにも、友人をブチのめしそうだったので慌てて割って入る。大事な情報源だし、どんな人間か興味がある。是非とも、連隊長抜きで話がしたい。

なのに、今朝の連隊長は譲らなかった。しょうがないので、餌(えさ)をまき散らしておく。うちの店の話、昨夜行ったという飲み屋「舞花亭」の話。飲み屋の方に食いついた。というか、給仕の女性が好みだったらしい。ジゼッラさんか。彼女の情報を出すと、食いつくどころか入れ食いだ。

どんどん餌をまいていると、ついに連隊長の堪忍袋の緒がちぎれた音がして追い払われる。上官命令とかずるいな。従うしかない。

勤務終了後、まずは家に帰る。兄にあの男が来たか聞いてみるが、そんな濃い男は来ていないという。やっぱ、うちの店には食いつかなかったか。着替えて「舞花亭」に行く。

いたああああああ‼　あまりの興奮に鼻血が出るかと思った。

目は常に給仕のジゼッラさんを見ている。注文は小出しにして何度も彼女を呼ぶし、僕から彼女の情報の全てを引き出そうとするし。どれだけ彼女を気に入ったんだ。

ふざけた男かと思いきや、都の情勢も漏らしてくれる。わざと漏らしているとしか思えない話し方だ。話しながら、僕を値踏みしている。一度に全てを出さない。小出しにしながら、その都度反応を見る。どこまで話が分かるか、頭が回るか、言葉にはされないが僕を試験し続けている。そして一番試されたのは、僕が連隊長の味方なのか敵なのか、多分そこ。ここで変に媚びて連隊長の味方面したとしても、一発で見抜かれるだろう。

「連隊長閣下は、どちらかと言うと馬鹿の部類ですね」と言うと、彼はテーブルをバンバン叩いて大笑いした。その言葉を境に、明らかに彼は話し方を変えた。僕の言葉を気に入ったのか、はたまた僕の立ち位置を理解したのかは分からないが、少なくとも少し前までよりは胸襟を開いたように思える。

というか、情報の危険度が一気に上がった。いまこの中隊長は、都の貴族の弱みを握るべく動いているというのだ。この人は、僕と同じ種類の匂いがする。愛想の良さと腹の中は、まったく別に生きていける、連隊長とはまったく違う生き物。

ただし、彼は大事な友人を見捨てるほど落ちぶれてはいない。弱みを握ろうとしている貴族が、連隊長の命を狙い、左遷のきっかけになった奴だと聞いた時、僕はそれを確信した。

僕に何か出来るかと、彼に聞いた。彼は「お前じゃ度胸が足らん」と言った。度胸なんか足りなくていい。そんなものは、全部連隊長が持っている。僕は、そんなもので連隊長と張り合ったり乗り越えたりしようなんて馬鹿なことは考えていない。僕にあるのは、賢しく柔軟な立ち回りだ。賢しく柔軟な立ち回りの役を負う僕に何か出来るかと、もう一回聞いたら、がははと彼は笑った。

「そんじゃこれをやるぜ」と渡されたのは、油紙で包まれた何か。ここで開けるなと言われたので帰って開けた。ぞっとした。ひとつは、あの貴族の小さな汚職の証拠。その威力は、貴族たるものを失墜させられるほどではない。しかし、失墜の前菜くらいにはなるものだ。これより更に上の弱みを握ろうとしているのであれば、相当骨が折れるだろう。

肌身離さず持っていただろうこの証拠を僕に預けたのは、「もしも」を想定しているに違いない。更に貴族の懐に手を突っ込むのは危険を伴う。彼に何かあったら、せっかく手に入れたこの汚職の証拠も台無しだ。接点がまるでなかった僕が、これを抱えているなんてお天道様だって分かるまい。

どれだけ踏み込む気なんだ、「もしも」が起きてしまったら、僕に後を引き継げということか。いや、それよりももっと効率のいい方法がある。それを、僕は彼に選ばせたい。幸い、連絡先を聞くことが出来た。勿論、本人宅ではない。都の酒場の女主人の名前を書いた紙切れをもらった。ここに手紙を送れば、彼に届くのだろう。僕も、自分の名ではなくうちの店の名前で手紙を書けばいい。

都とこの町。距離は遠く、手紙が届くのも当然遅い。だけど、決して出来ない話じゃない。ひとつ石を投げて、何羽も鳥を落とすのは最高だろうが、ひとつの石では限界がある。一石二鳥という言葉を聞く度に、僕は思っていた。どうしてもっと沢山の石を投げないのかと。

何を書いているのか分からなくなってきた。眠い。もうすぐ夜明けだ。あの男に付き合って帰ってきてからこれを書き殴っていたせいで、寝る時間がなくなった。

【五日】

あくびしてるのを連隊長に見られた。「寝不足か」と聞かれたので「いいえ違います」と答えた。嘘も方便（ほうべん）という言葉は美しいと思う。

仕事の後、アロ家にお邪魔する。こんばんは、怒れる美しいジャンナ嬢。スープは五点加算しておくよ。他は……うん、頑張って。いつ来るか予告はしないから、毎日全力で料理と向かい合うといい。僕のことを頭にちらつかせながら。あ、やばいな、顔が笑う。ごちそうさまでした、また来るよ。

【六日】

さっそく彼に手紙を書いた。相手はまだ都に帰り着いてはいないだろうが、知りたい情報は山ほどある。早くから情報交換しておくに越したことはない。駅馬車が郵便物も運ぶので、知り合いの御者（ぎょしゃ）に頼む。「隅に置けないな」とニヤつかれた。宛名（あてな）が女だったからだろう。何度も頼むことになるだろうから、誤解されておいた方が都合がいいかもしれないので、否定はしないでおく。

【七日】

今日から入隊申し込みの受付が始まった。最初から軍に入ることを希望していたらしい三名が、早速申し込みをしてきた。少ないながらに、毎年こういう若者がいる。あの人が連隊長であることを知って、熱心に軍に入りたいと思っているのなら大したものだ。

帰り際、ぼーっと基地の入り口から中を見ている背の低い男に会った。見ない顔だ。「入隊希望者かい？」と聞いたら、ぼーっとした顔を僕に向けて「ここに入ったら、強くなれますか？」と聞き返された。連隊長の訓練の姿を思い出してしまった。「さあ、どうだろう。でも強い男ならいるよ」と言ったら、やっぱりぼーっとしたまま「そうですか」と帰って行った。

靴が随分くたびれている気がした。わざわざ遠くからこの町に歩いて来たんだろうか。もう一度声をかけようとしたが、その前に走り出してしまった。ぼーっとしてる割に足速い。意外だ。入隊するんだろうか。ちょっと気になる。


【八日】

休み。妹の店に行く途中、昨日見た若者を発見。今日もぼーっとしているようだ。声をかけようとしたら、また走って行ってしまった。やっぱり足速い。靴がああもくたびれるわけだ。何か調子狂うな。

【十日】

例の領主の甥の入隊申込書を、副連隊長補佐官が総務に持って来たところで捕まえる。話を聞くと、副連隊長から預かったそうだ。わあ、のっけから頭ごなしに来た。浮かない顔をする先輩に愚痴を聞くと申し出て、昼に食堂で落ち合う。

先輩は次席だ。もし甥っ子が入隊して、ゴリ押しすると三席に転がり落ちるかもしれない立場だ。同情的な相槌を打ちながら話を聞く。中央貴族の推薦書も届いた上に、今年はこの申し込みのペースなら定員割れはほぼ間違いなく、身体検査で引っかからない限り入隊確定のようだ。

でも「中央貴族の推薦書」ってあからさまだなあ。反連隊長派閥の息がかかってるって太鼓判じゃないか。こんなことが連隊長の耳に入っても、痛くもかゆくもないんだろう。確かにあの人じゃ、それを理由に人の首は切らないし、首を切るために策も弄さないからな。さあて来るのは噂通りの馬鹿か、馬鹿のフリをした食わせ者か。

ああ、せっかく明日の夜はアロ家で夕食なのに、こんなことばっかり考えてたら食事がまずくなる。明日は最後まで、ジャンナ嬢は食卓についているだろうか。おやすみ、怒れる美しいジャンナ嬢。明日会おう。

【十一日】

やあ、ジャンナ嬢。今夜も綺麗だったね。「また来たの？」っていう目で僕を睨まないで欲しい。妙な性癖に目覚めそうだから。
うん、スープの味は相変わらずまあまあだ。ただ、野菜の切り方がすごく丁寧になっている。包丁を持つ指先に、神経が行き届き始めている。切られた野菜にプライドを感じる。ほうら、ジャンナ嬢。君が何も考えず刻んでいた頃と、見違えるほど変わっているよ。君という人間の味が、少しずつ料理に染み出している。真面目に料理に取り組んでいるのが分かる。でもまだ満足しちゃいけない。
点数は辛めだけど、もうジャンナ嬢は怒りに任せて席を立たなかった。悔しそうな目じりの赤さと、ぴくぴく震える右目の下のほくろがとてもいい。やっぱり妙な性癖に目覚めそうだ。

【十三日】

休み。今日は出かける予定はなかったので家の手伝いをしていたら、夕方連隊長が訪ねてくる。珍しいと思っていたら、とんでもない物件を引っ提げてきた。隣国の将軍がこの町に来ているかもしれないと聞いて、さすがの僕も冗談かと思った。おかげで仕事どころじゃなくなった。

慌てて酒屋の婿養子を捕まえに出る。ナルビアン出身の陽気な男だ。夕食と酒をおごると言えばホイホイついてきた。帰ってきたら、連隊長が呼んだ詰所の分隊が店の包囲にかかっていた。分隊長と打ち合わせをする。

剣ダコも出来ていない僕の手が、役に立つ時が来た。絶対軍人だと悟られずに給仕する。完璧だ。バレるはずがない。給仕の仕事は剣の稽古より骨身に染みついている。

そして、連隊長の目は確かだった。カツラを取った隣国の将軍を前に、武者震いが止まらなくなるほど心の奥底で興奮していたら、フォーク一本で殺されかけた。一気に頭が冷える。そうだよ、連隊長レベルの化け物がもう一人いるようなもんじゃないか。化け物は化け物でも、味方の化け物の方が安全だ。僕は味方の化け物の後ろに逃げる。恥より命が大事だ！

結局、化け物と化け物の一騎打ちになった。敵国では自分の妻の命を盾にするのかよ。

信じられない、頭がおかしいにもほどがある。店の裏に待機していた分隊の伝令に指示して広場を包囲させる。絶対に逃がさない。

当たり前だが連隊長が勝った。将軍も生きているしその奥方の命も無事だ。奥方の確保に、ルーベン＝コンテが乱入してきた。やれば出来るんだから、いつも真面目にやれ……って、連隊長が左腕をざっくり。血がどばどば。軍医ー‼　僕ともあろうものが、軍医の手配を忘れていた。家は知ってる！　とっ捕まえて引っ張ってきた。軍医はふさふさの頭を、必死に手で押さえながらついてくる。知ってるから！　それカツラなの、もう知ってるから！　そんなもの後ろに飛ばしてもいいからと、とにかく急がせた。うえ……そのまま縫うのかよ。見なければよかった。しばらく肉料理は食べなくていい。

別れ際の連隊長が少し憂鬱そうに見えた。出血で具合が悪いのかと思ったらそうじゃなさそうだ。家に帰りたくない理由でもあるんだろうか。

【十四日】

敵国の将軍を捕縛した報告を、早馬で都に送る。これは大手柄に違いないと思ったけど、手柄を取ることは必ずしも連隊長にとっていいことではない。おかしな話だけど、それが現実だ。

おそらく、都に護送することになるだろう。ということは、連隊長自ら護送の指揮を執る可能性も高い。僕も都に行けるかもしれない。いやいや、期待しすぎない方がいい。連隊長の敵がどんな指示を出してくるか分からない。

連隊長は剣の訓練を休んでいる。当然だろう。養生という言葉を知らないほど愚かでなくて良かった。

【十五日】

連隊長と将軍の入っている牢に様子を見に行く。顔はまだ腫れているが無駄に元気そうだ。「本を持ってこイ。退屈で死ぬ」と偉そうに命令された。誰が持って行くか。

【二十日】

連隊長の左腕の抜糸（ばっし）完了。何かもう完治したかのような顔をしているのが怖い。まだ訓練には出しませんからね。明日の入隊試験の準備で、基地も忙しいんですから相手もいませんよ。

【二十一日】

入隊試験の日。募集人員は、見事な定員割れ。よほど問題がなければ、全員入隊する、ということだ。身体測定、筆記、運動能力試験とあるが、正直筆記は飾りだ。自分の名前が書けて、文章を解読出来るかどうかを見る程度。計算や文章を書くことに難があっても、それで落とされるなんてことは余りない。ただ、筆記が良い点数であれば、力仕事以外の椅子も回ってきやすいということ。僕はこれを目指していた。学校で成績優秀な人間は、軍隊に入るより役所に入りたがる。そういう意味で、軍では貴重な人材になれるのだ。

運動能力試験を連隊長が見たいと言うので、申込者の書類控えを持って随行（ずいこう）する。訓練場の端から様子を見る。連隊長が近くに立って、プレッシャーを与え過ぎないためだ。試験を受ける者は、大きく番号の染め抜かれた布を胴の部分に紐でくくりつけていた。その番号と書類をつき合わせれば、誰が誰だかわかる仕組みになっている。

最初が剣の素振り。初めて剣を持つ者もいるようだ。形（かた）を習い、同じように振る。一人、最初から様（さま）になっているのがいる。番号を確認すると領主の甥だと分かる。ちゃんと試験は受けに来ていたようだ。中隊長が試験官をしているが、良さげな腕前の人間を前に出し、軽く剣を合わせ始める。ここが見せ場とばかりに、領主の甥が頑張った。形はとても綺麗だが、力は余り強くないらしい。中隊長に軽くいなされている。

「九番は誰だ？」と連隊長が聞いた。九番はまだ形を繰り返している。顔を見てあっと思った。あのぼーっとした若者だったからだ。入隊試験を受けることにしたようだ。書類をめくると、ミルコ＝ギッティと書かれている。温泉のある静養地として有名なチェヤーノから来たらしい。ここから駅馬車で都側に二日くらいの距離。都の貴族はこの町には来なくともチェヤーノには行く。町の規模がここより小さくても、静養地としての歴史が古く、貴族を受け入れる施設が数多くあるからだ。

うちの連隊の管轄からぎりぎり外れている。北部はチェヤーノが境界と言ってもいいだろう。逆に、何でこの男は境界越えてこっち側で入隊試験を受けてるんだろう。その他、特筆すべきことは見当たらない。名前とその旨を連隊長に告げると、「そうか」とだけ答えた。何か気になるのかと聞いたら、「身体がいい」と言った。大丈夫です。妙な意味には取りません。「足は速いですよ」と答えたら、いつ見たと聞きたげな目。前に見たことを話すと「そうか」とまた言った。

いま中隊長と鼻息荒くちゃんばらをしている領主の甥は視界の外のようだ。あんまり張り切りすぎると、この後の長距離走でへばるぞと思っていたら案の定、領主の甥は半分の距離で脱落していた。アレもまあ、受かるんだろうな。

【二十三日】

都から敵国の将軍の身柄について返事が来る。予想通り都への護送だったけど、指揮は隣の地域の司令官と書いてあった。北部のチェヤーノを担当している地域の連隊長。あー、うちの連隊長が手柄を引っさげて都に入るのがそんなに嫌なわけね。分かっていたけど面白くない。しかも明日とか。この通達を追いかけるように、隣の地域の連隊長がこっちに向かっているわけか。

【二十四日】

隣の地域の連隊長は貴族の血筋でいらっしゃるようだ。うちの連隊長と最低限のやりとりだけ終えると、すぐに護送の準備を開始した。ありがたい。こっちも、その高慢(こうまん)そうな目としゃべり方に付き合うのはごめんだからね。

隣国の将軍は最後まで負け惜しみを言いながら護送馬車に詰め込まれ、護送されて行った。最後までほとんど僕を無視し続けた男だった。話すに値しないという扱いだったんだろう。腹が立つ。隣の連隊長同様、二度とここに来るな。

【二十七日】

逃げた。誰がって、護送中のあの将軍だ。早い早すぎる。報告がもう届いたってことは護送始まってすぐ逃げられてるじゃないか。だから連隊長に護送させれば良かったのに。大方、あの将軍の口車に乗せられたに違いない。阿呆(あほう)だ。でもこっちの管轄外だからな。逃がしたのはそっちの責任だからな、因縁つけてくるなよ。あの将軍は、たとえ逃げてもうちの管轄には近づかないだろうな。あーあ、せっかく政治的取引のいいカードだったろうに、あっさり逃げられるとか。我が国の恥じゃないか。その点だけは、本当に腹立たしい。

【二十九日】

連隊長の様子がおかしい。朝から心ここにあらず、だ。真面目に仕事に取り組んでいるように見えるが、「ああ」と「いや」しか返事がない。確実におかしい。もしかしてこの連隊長ともあろう男が身体の具合でも悪いのだろうか。熱でもあるのか。いや、そんな様子はない。さすがにそれくらいは、僕でも分かる気がする。ということは、夫人絡みか？ ついに捨てられた⁉ いや、それはない……とは言い切れない。ケンカ程度だろうか。あるいは実家に帰った？

まずい、そうなったらあの家にいるのは連隊長とジャンナ嬢だけだ。何だろう。この兄妹、とてもうまくやっていけるとは思えない。つなぎの夫人がいなければ、近い内に破綻しかねない。そうなったら、ジャンナ嬢は都の実家に帰ってしまう。それはマズイ。とにかく仕事の効率も落ちるし、僕の将来にも関わりそうだ。ジャンナ嬢のところに聞き込みに行こう。女性が家に一人でいるところを訪ねるのは男として問題がある。連隊長、許可を下さい。僕があなたの家に立ち寄る許可を……嫌なら吐け！　というか、頼むから吐いてください！

って……吐いたーーーー‼

よ、かった。本当によかった。夫人とケンカもしてないし、実家に帰ったわけじゃない。というか、めでたいことじゃないですか。何、魂抜けた顔してたんですか今まで。ああ、本当によかった。寿命が一年くらい縮んだ気がしました。貧血？　お安い御用ですとも！任せてください！　バラッキ家秘伝の貧血殺しを持っていきますから。

気がついたら家まで走って帰り着いていた。レバーペーストを用意していたら、兄さんがニヤニヤして「どこかの女をはらませたのか？　お前ともあろう男が」と言った。「そんな甲斐性は僕にはないよ」とニヤニヤしながら返してやった。あれ、何で僕はニヤついてるんだ。

家を出て連隊長の家に向かう。時間的には、もう連隊長は帰り着いているはずだ。帰り着いていなければ、扉の前で待っていればいい。「どなた？」ジャンナ嬢だ。「エルメーテ＝バラッキです。連隊長はお帰りですか？」扉越しの会話は好きだ。扉の向こうのジャンナ嬢を想像する楽しみがある。「帰ってるわ」と、そっけなく扉が開く。連隊長がいなければ訪問出来ないが、持って来たものはジャンナ嬢に説明した方がいい。ツノを出される前に、強引に小さな壷を押し付けて説明を始める。レバーはレバー。でも、動物の臓物だなんて話は女性に聞かせるものじゃないよな、むむむ。

そうこうしている間に、連隊長が声を聞きつけて下りて来た。奥方のところに直行していたんだろう。まだ軍服のままだ。それは僕も同じだけれど。まあ、説明も終わったしジャンナ嬢の顔も見られたし帰るかと思ったら、まさかの連隊長に呼び止められる。連隊長からのお礼？　夕食？　何で？　馬鹿だなあ、閣下は。僕は大抵のことは出来るんです。こんなの何でもないことなんですよ。でも夕食はありがたくいただきます。機会を無駄にするなんてこと僕には考えられませんから。

「困ったことがあったら、俺を呼べ」って……何ですか？　僕の加勢をしてくれるってことですか？　連隊長が出来そうな加勢って、文字通り腕っぷしの加勢くらいしか想像がつかないんですが。まさか家のタンスを動かすのを手伝ってくださいって連隊長に言うわけにはいかないでしょう？　ないない。ありません、いまのところ。あ、そうですね。貸しにしときます。未来にひとつ心当たりが出来ました。連隊長のお兄さんに僕が殺されそうになったら加勢してください……というのは冗談で、まあ僕が危なくなる日が来たらお願いします。命は大事なんで。

さっと夕食をご馳走になって帰る。この後、連隊長は奥方に夕食を食べさせるんだろう。ジャンナ嬢の夕食時の話からするとそう感じた。あの連隊長が。甲斐甲斐しいことだけど、他の人に話してもほとんどの人には信じてもらえないだろうな。まあいいか。話す気もないし。ああ寒い。あったかい帽子をかぶってくればよかった。

【三十日】

連隊長はまだ少しぎこちない気がするけど、昨日より口数がまともになっている。子どもが出来たことくらいで揺らぐ人だとは思ってもみなかった。連隊長も人の子だったというわけだ。

冬もあとひと月。冬の服装を存分に楽しんでおこう。外套に帽子に手袋に襟巻き(えりまき)にブーツ。春が来たらすぐにしまいこまなきゃいけなくなる。来月にはエリデの店には春物も並ぶ。いま必死に作っているはずだ。

ジャンナ嬢に、何か新年の贈り物をするか。夕食のお礼という口実で。エリデの店に行くことにする。その途中で彼を見た。ぼーっとした入隊希望者のミルコ＝ギッティだ。走り出そうとしたので、消えられる前に「ギッティくん！」と呼び止めたら、びっくりして足を止めた。振り返ってこっちを見て、首をひねってから……また走った！　消えた！　わざわざ名前で呼び止めたんだから、僕の顔を覚えてなくても一応話くらい聞けよ。駄目だ。彼とはどうも相性が悪い気がしてきた。

中月も終わり。来月は忙しいな。入隊者発表に、春朔の新年祭の準備。連隊長も、初めての新年祭参加か。せいぜいこの地の指揮官らしく格好つけていただきましょう。

冬：下月

【一日】

来期の新入隊者が決定する。決定すると言っても、定員割れということもあり、応募者は全員合格。最後に連隊長の認可のサインが終われば終了だ。連隊長は名簿の添付されたその書類によくよく目を通した後にサインした名前を覚えようとしていたのかもしれない。

これであの、ミルコ＝ギッティの入隊が決定したわけだ。いろいろ気になる男なので、一応調べておこう。越境入隊なら、この町のどこかに仮住まいしているに違いない。既に宿屋は調べたが、泊まっている形跡はなかった。知り合いがいるんだろう。

本当は今日、連隊長閣下のところで夕食をと考えていたんだけど、夫人の具合が悪いようならやめるつもりだった。だけど「来い」という返事。「レーアならもう起きられるようになった」「どうせ料理をするのはジャンナだ」だそうだ。それならとお言葉に甘える。

一度家に帰って、レバーペーストの追加を持って訪問。ショールを羽織った夫人に丁寧に出迎えられてお礼を言われた。背後に連隊長が控えている。閣下、それじゃあ夫婦というより護衛ですよ、と突っ込みたかったけど、夫人の手を取って食堂に向かう姿は、いっそ羨ましく見えるほど見事な夫婦だったので馬鹿らしくなって言うのをやめた。

今の僕は、まだジャンナ嬢の手を取れない。多分、叩き落とされる。そんな気がする。気長に行こう。ジャンナ嬢が都に帰ってしまうことにならない限り、もう少し時間はあるはずだ。

【三日】

大きな窃盗事件が起きた。ボーイト商会の自宅兼店舗でだ。この町で麦を取り扱っている老舗。最初に泥棒が入ったと聞いた時は、麦泥棒かと思った。ちょっと麦の価格が上がっているのが気になっていたから。いや、秋の収穫量が豊作じゃなかったのと隣国が凶作で価格が上がっているので、やむを得ないところはあるんだけど。けど、盗まれたのは麦じゃなくて金品だった。

商会は人を多く雇っているし、夜は私設警備も立たせているというのに、昼間に盗みに入られては、面目丸つぶれだろう。しかも、室内が念入りに荒らされているという。恨みを持つ者の犯行に見える。ただ、白昼堂々だというのに目撃者がまったくいない。よほどの手練れか？

【五日】

休み。多分、これが今月最後の休みになるだろう。これから新年祭の準備で忙しくなるので、休みを取る暇を見つけるのは非常に難しくなる。休めないこともないが、休むと平日の帰宅が極端に遅くなる。そうなると、連隊長の家に夕食を食べに行くことが出来ない。連隊長も顔には出さないけど、妊娠中の夫人を気にはしているようだから、出来るだけ早く帰せるように僕も頑張ろう。

家の手伝いをしていたら、夕方に店の裏の方でガタガタと妙な音。先日窃盗事件があったばかりだったので、一応用心してフライパンを持って裏口を開ける。包丁を持たなかっただけ心優しいと言えるはずだ。

　不審者は、いた。いた、んだが。何かもう、馬鹿馬鹿しい。「久しぶり、フィオレ嬢」と声をかけたら、泥棒猫が現場を見つかったかのごとく毛を逆立てて飛びのいた。いや、まさにその現場だった。うちのゴミ箱を漁る泥棒猫、赤毛のフィオレ＝ブリアーニだ。人の顔を見るなり、「エルメーテさん、お久しぶりです！」と、ちょっとバツが悪そうに、でも元気よく挨拶を返す。その手にある皿は、わざわざ自宅から持って来たんだろうか。用意が良すぎる。久しぶりに見つけたけど、かなりの常習犯、というういでたちだった。

　弟と二人暮らしで生活が大変なのは分かるが、それならせめて弟だけでも孤児院に戻せと残酷だが思ってしまう。いやダメだな。彼女は孤児院時代からここに来ていた。弟に少しでもうまいものを食べさせるためなら、泥棒猫の汚名などどうでもいいのだろう。

　どれほどキツイことを言ってもやめないと思ったので、軍の食堂で料理人の募集が出ていることを伝える。

　あそこの皿は陶磁器ではない。黄銅だ。フィオレ嬢がどれほど皿を空に飛ばそうと割れることはない。それを聞いた彼女の目は、キラキラではなくギラギラに変わった。首がもげるような勢いでお礼を言われる。いやいいから。そんなことはいいから、もう残飯漁りはやめてくれ。

【六日】

帰宅したら、「これお前宛だろ」と厨房の兄から手紙を渡される。都から店宛に届いた手紙は僕に回してもらうように頼んでいた。開けると、丁寧な女文字が並んでいる。女に代筆させたのだろうか。それとも、筆跡（ひっせき）を変えられるのか？

どっちでもいいが恋文のような書き出しだったので、後者だったら気持ち悪い。あの顔と声が思い浮かんでしまう。

雑談を交えながら、都の近況をチラチラ書き記してある。「そうそう、私の知り合いの妹さんには手を出さない方がいいわよ。上のお兄さんがすっごい怖いから。冗談で言ってないからね、うふっ」うん、もう遅い。宴席で見た時は、普通に見えたんだけどなあの人。

この男まで知ってるような人だから、中身は推（お）して知れというところなんだろう。連隊長になます切りにされる心配だけしてればいいかと思ったけど、甘かったか？

【七日】

あの男に返事をしたためる。奴は、どうやら例の貴族のことを「鴨（かも）」と呼ぶことにしたようだ。「鴨料理が食べたいけれど、狩人が落としてくれないの。高いところを飛びすぎなのよ」いつか射落として食ってやるということなのだろう。

「鴨が剣で落とせるなら、良い剣がこちらにはありますよ。まあ、おそらく無理でしょうね」と返事には記しておく。どこかで誰かクシャミをしているかもしれない。逆に言えば、この案件は剣だけじゃ無理ってことだ。まずは、的を地上に引きずり下ろさねば。

ついでに、軍の募集基準の変更についてもちらっとほのめかし、手紙を書き終える。近い内に、駅馬車に配達を頼もう。


【九日】

ミルコ＝ギッティの居場所が分かる。「東狼亭」に一度連れて来られていたようだ。入隊が決まった祝いだったと店主のアウジリオが言っていたから、おそらく間違いないだろう。

問題は、彼が「黒犬のグイド」の連中と一緒にいたということだ。道理で、ちっとも情報が入ってこないはずだ。裏町のマフィアどもじゃないか。裏通りにある酒場、賭場、娼館を仕切っている。

この町には軍の基地があり、常備兵がわんさかいるから、奴らは表には滅多に出て来な

だ。あいつらの口には合わないだろう。とっ……ちゃんと稀に来る店を出て、

い。東狼亭に出てきたのは、おそらくミルコ＝ギッティにうまい飯を食わせたかったんだろう。うちの店の方が料理の味はいいけど、黒犬たちには居心地が悪い店だしな。とはいうものの、ボスのグイドはごく稀に来るようだ。僕のいない時に限って。

うちの店から追い出されないということは、ルーベン＝コンテよりは品行方正なんだろう。一度でいいからちゃんと顔を拝んでみたい。昔はそんなことは御免だと思ってたけど、僕も随分心臓が強くなった気がする。おっそろしい男を毎日見ているおかげかもしれない。


【十日】

またしても窃盗事件発生。今度は上級役人の自宅だ。室内を念入りに荒らされていたり、三日に起きた事件と共通点が多い。同一犯だとの見立てだ。被害のあった家同士は仕事上の付き合いがある程度。この仕事の線から調査するという報告が上がってきた。

この町は、本当に軍の警備がしっかりしている。毎日巡回が行われているし、住民は兵士を信頼している。だから、目撃したことをあえて隠すことは、後ろ暗いことがない限りまずない。だから、今回も目撃者がなしということになる。明らかに軍の警備情報を知られている気がする。

一瞬、黒犬たちが頭にちらつく。しかし、リスクが非常に高い。うっかり尻尾を出せば、

これ幸いと軍に一網打尽にされてしまいかねない。それに誰かに恨みがあるというのなら、こんな回りくどい窃盗などしないだろう。直接本人を狙ってくるはずだ。じゃあよそ者か？

【十一日】

ただでさえ新年祭の準備が忙しいのに、連続して起きた窃盗事件で、余計に忙しさが増した。元々、上官も走る年末ということで有名な時期だが、今年はそれに輪がかかっている。補佐官は、上官より忙しい……まあ当然か。上官の方が忙しかったら補佐官の名折れだ。

【十五日】

　合格者の入隊説明会。直接僕が関係することはないけど、忙しい合間を縫って覗いておく。いたいたギッティくん……と未来の副連隊長補佐官殿。どっちも別の意味でこの場に相応しい表情ではなかった。前者は話を聞いているんだか聞いていないんだか分からない顔をしていたし、後者は他の新兵と横並びで説明を受けるのが不満そうだった。どっちも新兵らしい新人臭さがないな……悪い意味で。

ギッティくんをもう一度捕まえようかとも思ったけど、あの調子じゃ何もしゃべりそうにない。ヘタにつついて、バックにいる連中に目をつけられるのは得策じゃないな。距離を取りながら様子を見ることにする。

【十六日】

まただ。また、窃盗事件。しかも、手口が一緒。今度はどこかと思ったら、まさかの領主様の子息の別邸。いくら次男とは言え、継承順位は現在三位。警備も重要区域のひとつとして巡回に当たっていたというのに、だ。

このニュースは、基地内に大きく轟いた。特に年配の兵たちは動揺したようだ。レミニの領主様が国主だった時代から数えてまだほんの五十年ほど。年配の兵の親世代からすれば、領主はまだ国主と同じ感覚なのだ。そんな親から育てられた子らの領主への忠誠心は篤い。「流浪の大隊長」もその中の一人だった。治安維持担当なだけに、この事件は彼に大きな屈辱を与えたようだ。連隊長に、直々に部隊の増員を掛け合いに来た。この新年祭前の忙しい時期にさける人員は少ないが、それでも、連隊長は目一杯の増員の許可を出した。連隊長と大隊長という珍しい組み合わせだ。これで、解決につながればいいが。

【十八日】

捜査の進展はないようだ。大隊長が目の下にクマを作った鬼の形相(ぎょうそう)で駆けて行くのを見てしまった。僕も独自で調べてはいるけれど、この連続窃盗事件は本当に情報が少ない。悔しい。

軍楽隊が新年祭の練習中のようで、プァープァーとラッパを吹き鳴らしている。この時期の風物詩(ふうぶつし)ではあるが、集中して考えたい人たちにとってはちょっと耳の毒だろう。いや、君たちは何も悪くない。悪いのは窃盗犯だ。

【二十日】

副連隊長補佐官たちが、僕以上に死にそうになっている。それもそうだろう。昨年まで補佐官三人でやっていた仕事を、今年は二人でやっているんだから。一番下っ端(したっぱ)の僕がいないから、任せていた部分も自分たちでやらなきゃいけない。食堂でげっそりと頬のこけた二席の先輩に会って愚痴られた。

本来、この時期までには副連隊長も三席を補充する予定だったはずだ。けど、領主の甥が入隊するという権力者からのねじ込みがあったために、空けたままにしておかなければならなくなったわけだ。先輩たちから恨まれながら入隊したかの御仁(ごじん)は、果たしてどれほど仕事が出来るのか。僕は出来ない方に賭ける。先輩たちもどうやら出来ない方に賭けているようだ。ご愁傷様。

【二十三日】

今日はひたすら効率的に書類仕事を固めて、早めに仕事が終わるよう調整しておいたおかげで、ほぼ定時に帰ることが出来た。連隊長が「ああ、今日はうちに来るのか」と終業の時間を見て呟いた。ご理解いただけて恐縮です。夕食にお邪魔させてください。

妹のエリデから、ジャンナ嬢を新年祭に誘っていいかと聞かれていたことを伝えようと思う。彼女はこの町に来て初めての新年祭だ。そりゃ、規模は都とは比べ物にならないほど小さいだろうけど、若い女の子にとっては楽しい午後になるはず。だが、身重の連隊長夫人を一人家に置き去りにするのはかわいそうだ。夫人にも祭りを楽しんでもらえるよう、考えていた計画を夕食の席で話してみた。アロ夫人は驚くほど素直に食いついてくれた。あとは、ここの家主の外堀を埋めていくだけだった。

連隊長はとても困っているように見えたが、見なかったことにする。食堂の戦局は、明らかに連隊長不利だった。白旗を上げたのを、僕は見逃さなかった。ジャンナ嬢もそれを見逃さなかった。すぐさま、自分も行きたいと宣言する。さすがはジャンナ嬢。その積極性が君の長所だと僕は思う。言われたことだけやって大人しくしていることが美徳とは感じていないんだろう。さあもう一戦。といっても、今度はアロ夫人もジャンナの味方についた。もはや、連隊長閣下に勝ち目はなかった。ご理解いただけて恐縮です。

一応連隊長宅もこの町で言えばいい家に類するので、連続窃盗の標的にされるかもしれない。まあ僕が犯人なら、こんな怖い家主のいる家は絶対に狙わないけど。帰り際にジャンナ嬢に念入りに戸締まりするように言葉を尽くすが、既に連隊長からイヤと言うほど聞かされているようだ。その調子で毎日お願いします、連隊長。

【二十七日】

忙しい合間を縫って、連続窃盗犯の調査状況を確認しに行く。警備の方も殺気だつほど忙しそうだが、僕も連隊長の補佐官として仕事で来ているんだ。睨むなら犯人にして欲しい。まだ大した成果が上がっていないことは、彼らの重い口ぶりだけでよく分かった。

大隊長の姿を見かける。更にすごい形相になっている気がする。元々、大きな祭りの前は町にいることも多かったが、今回は新年祭の方を副官に任せて事件にかかりきりの様子だ。年が明ける前に何とか解決したいのだろうが、残り日数はもう片手で数えるほどになってしまった。僕もこんな案件を残して年を越したくない。しかし、本当に犯人像が見えない。こういうのはイライラするな。

【二十九日】

連隊長閣下がサインする置物と化していた。今日、連隊長に回ってくる書類というのは、ほぼ全部特急項目だ。最終チェックで漏れていたもの。以前の計画から急遽変更になったもの。それらを、副連隊長補佐官の先輩たちが死にそうな顔で持ってきた。
更に、新年祭の翌日には新兵たちの入隊式も控えている。勿論、その書類もがっつり連隊長の机の上に積んである。今日は、予備のインクを用意しておくべきだろう。連隊長、わりと短い名前で良かったですね。

【三十日】

結局、窃盗犯は捕まらずじまいで年末を迎えた。ああもう気持ち悪いな。こんなに尻尾をつかませないんだからよほど頭がいいに違いないと思っていたら、連隊長が妙なことを言い出した。頭がいいか、その正反対かと。正反対、バカのことか?
ああ、ちょっと待て、ちょっと待ってくれ。逆か！　そうか逆！　宿もいらない酒もいらない情報もいらないのか！　この町に住んでいて、酒の飲めない年齢で、情報を持ってる人間が近くにいる……息子どもか！　ボーイト商会の息子か、あるいは使用人の息子か……交友関係を当たってみよう。他の被害者と子供同士のつながりが見つかれば、その線はかなり濃くなる。

事件が繰り返されていけばいくほど、こんなことは子供に出来るはずがないと無意識に除外してしまっていた。ああもう悔しい。急いで詰所に向かう……その前に、ジャンナ嬢に新年祭の贈り物をしていいか連隊長に確認する。

すみません連隊長。僕の頭は少しおかしいんだと思います。やり残しがあると気持ち悪いんです。贈り物の件が、僕のこの部屋を出るまでのやり残しです。許可ありがとうございます！　では、これで後顧（こうこ）の憂（うれ）いなく犯人探しをしてきます！

ああ、連隊長が赴任（ふにん）してきて、ついに一年が終わる。本当に激動の一年だった。

春：上月

【一日】

春朔。新年だ。朝早くから本日の新年祭の最終確認。準備万端、何ひとつ漏れはない。

午後のパレードが始まる前に一足先に領主邸へ。パレード開始に僕がいてもすることはない。連隊長が領主邸に到着してつつがなく挨拶が出来るよう場を整える。

完璧。今日の自分の仕事に満点をつけてもいい……という気分を台無しにする事件が発生していた。連隊長宅に泥棒が入ったという。年をまたいで解決していない例の連続窃盗犯に違いない。今日！　よりにもよって今日！　祭りに人手をとられて警備が手薄になっていた隙を突かれたことが腹立たしい！

初めてあの家の全ての部屋を見た。痛ましかった。大事なものが卑劣な足で踏みにじられているのが伝わってくる。あの連隊長が麦の穂を拾っている姿なんか見たくなかった。落ち着け。犯人は捕まえる。あの家も元通りにする。ちゃんと考えろ。しっかり考えろ。

【二日】

連隊長は休ませた。今日が入隊式なのは分かってるけど、いま大変なのは軍ではなくて家の方だから。妹のところとコンテ家に寄ってアロ家の片づけも頼んだ。僕がやるのは犯人を捜し出すこと。連隊長がやるのは家族とちゃんと顔を合わせること。ジャンナ嬢とはすぐ会えるだろうけど、問題はアロ夫人の方だ。ちゃんと顔見せに行ってくださいよ。普段は役に立たないその顔が、一番役に立つところなんですから。

けど、ひとつ窃盗犯の手掛かりが出来た。ジャンナ嬢の帽子が盗まれていたことだ。どんな小さな手がかりでも使って犯人を追いつめてやる。


【三日】

連隊長に許可をもらって半日町を歩き回った。目星を付けた連中には警備を張り付けておいた。僕が探しているのは帽子だ。足が棒になりそうだ。それがどうした。


【四日】

町を歩き回る。いた！　違うかもしれないしそうかもしれない、でも怪しい帽子の女性を見つけた！　ここから動かすのは足じゃなくて口だ。全力で帽子の出所を聞き出す。祈るような気持ちだった。やった、僕はやった！　女性に帽子を渡したのは目星をつけていた学生の一人だった。決まった。これが決め手になる。やった。そのまま詰所に駆け込んで、連行の手続きを取る。目の下にクマを作っていた大隊長が、心底安心したように椅子に引っくり返った。大隊長が過労死する前に解決出来て良かった。基地に帰って連隊長に報告に行きたかったのに、あんまりほっとしすぎたせいか、僕も詰所の椅子から立ち上がれなかった。足が痛い。昨日の痛さと明らかに違った。靴を脱いだらやわな足の爪が割れてて、靴下に血がにじんでいた。

【五日】
窃盗団、全員逮捕。良かった、本当に良かった。でも逮捕された一人の父親が軍人だったことで軍にとっては禍根を残した。警備の巡回情報などを父親から得ていたことが取り調べで分かったからなおさらだ。処遇は近日中に決まるだろう。本当に嫌な事件だった。でも！　解決した！　昨年末から引きずっていた大きな案件が解決した。喜んでいいですよね、もういいですよね。ジャンナ嬢に渡せなかった新年祭の贈り物、渡しに行ってもいいですよね。これで嫌な思い出を少し消せるといい。僕も消したい。ジャンナ嬢が笑ってくれたら消せそうな気がしたけど、無理だった。でも、まんざらではないことだけは分かった。喜んでくれたと思っておこう。

【十日】
窃盗事件の諸々が解決した。さあ気を取り直して、新年度にふさわしいことをしていこう。連隊長が、日々新兵訓練を窓から見つめる姿が不憫でならない。あの中に入りたいんだろうなあ。というわけで、特別訓練を提案してみる。新兵と連隊長の手合わせだ。分かりやすいくらいに連隊長が食いついた。ええ、断るなんて思ってませんよ。ガツンといっちゃってください……新兵の心をへし折らない程度に。

【十五日】

新兵と連隊長の特別訓練日。一人足りない。あー、領主の甥御殿が来てないんだな。連隊長は特別扱いする人ではないので、当然呼んで来いと言われる。副連隊長室から引きずり出して来ますよ。

案の定イヤだとゴネられる。説得に時間がかかる。「後で連隊長閣下の個人指導になりますよ」とまで脅してようやく引っ張り出す。ふう、これで連隊長の剣術の凄さが骨身に染みただろう。

世の中甘くないよ。連隊長は特に辛(から)い。連隊長対ミルコ＝ギッティの戦いを見られなかったのは本当に残念だなあ。ま、連隊長が勝ったのは分かってるんだけど。

【十九日】

他の部署との諸々が終わって連隊長室に戻ったら、連隊長がいなくなっていた。あれ、と思ったら伝言が来た。街道で盗賊が出たようで、小隊と一緒に討伐に出かけたらしい。これは大捕り物だ。

後でがっつり情報を得ようと思ってたのに、連隊長の興味はどっちかというとあの新兵のミルコ＝ギッティに向いていた。

アロ家の夕食にお邪魔したが、明日連隊長はイレネオ＝コンテと外食をしてミルコの話を聞くようだ。それには僕も交じりたい。というか、食事の場所はうちの店だった。好きにしろ、ですね。ありがとうございます、好きにします。

【二十日】

夜にイレネオ＝コンテと連隊長の会食に首を突っ込む。ミルコの話も当たり障りのないものばかり。コンテ家の三男は、こういうところに隙がないんだよな。僕とは違う意味の人脈を持ってるけど、迂闊に漏らさない。見た目の割にガードが固い。

【二十四日】

アロ家の夕食にお邪魔する。アロ夫人が妊娠してから、めきめきジャンナ嬢の料理の腕が上がった気がする。やはり、自分がやらなければという責任感は人を育てるんだろう。

ちょっと点数を上げたのに睨まれた。彼女の自己評価より低かったんだろう。でも、あまり一度に上げると、努力をやめてしまうことも考えて少しずつだよ、ジャンナ嬢。

【二十八日】

今年に入って初めての代表訓練日。連隊長と選りすぐりの兵士たちの戦いが見られるこの日は、毎度のことながら観客が無駄に多い。その中に、いきなりミルコ＝ギッティが抜擢されてて驚いた。連隊長と戦っている姿を見て余計に驚いた。僕が相手なら一瞬で倒せるな……うん、僕をね。少し、剣の稽古をした方がいい気がしてきた。

シメのエミリアーノは、相変わらずの剛腕ぶり。そして、相変わらずの連隊長の厳しい勝ち方。あの二人の真ん中に飛び込めなんて言われたら、命が百個あっても一瞬で消滅するだろう。ちょっと頑張っても、化け物に届く気はこれっぽっちもしないから、これまで通り上手に生きていこう。

春：中月

【一日】

すっかり暖かくて、どこもかしこも花盛りだ。休みだったので、花を持ってアロ家を訪ねた。そういう時に限って、連隊長が扉を開けて出てくる。連隊長にあげる花じゃないので、妙な顔で僕を見ないでください。アロ夫人が喜んで受け取ろうとして、はっと手を引っ込めた。すみません、気を遣わせてしまって。最終的に、無事ジャンナ嬢の手に渡った。夕食のテーブルに飾られていた。それだけで食堂が華やかに見えた。

【七日】

休みに妹の店に立ち寄ったら、マウンテンハットを薦めてきた。僕の趣味をよく知ってるよ。買うよ買う。でも帽子に合う服も一緒に薦めるのはやめてくれ。妹の店で破産するわけにはいかない。そろそろお金も貯めないといけないしな。うん、貯めていこう。この帽子を買った後から僕は少し節制する。アロ夫人の妊婦服についても頼んでおく。ふっくらしてきていることを伝えると、妹はいまひとつ信じられないように笑っていた。まあ、気持ちは分からないでもない。

【十一日】

副連隊長補佐官の先輩に、食堂で新人の愚痴を聞かされる。あーうん、あの領主の甥の話だ。ちょいちょい遅刻をするし、仕事が大して出来ないのに偉そうで、おまけに副連隊長が庇（かば）うものだから、もうあの職場嫌だと嘆いていた。あまりに予想通り過ぎて、慰（なぐさ）めの言葉も出ない。もういないものとして仕事をした方が、穏やかに過ごせますよと伝えたが……多分僕でも同じ気持ちになるだろう。先輩方には同情を禁じ得ない。

【十九日】

朝から連隊長が難しい顔をして出勤してきた。ジャンナ嬢が、昨日見知らぬ男に絡まれたという話だ。不心得者（ふこころえもの）の気まぐれでも良くはないが、連隊長の敵対関係者が絡んでいるならもっと良くない。昨日休みだったイレネオ＝コンテとミルコ＝ギッティがジャンナ嬢を助けたということで、勤務終了後に話を聞くことになった。何でミルコが。ああ、同じ分隊だから、休みも一緒だったのか。

イレネオの説明で、不心得者が誰かすぐ分かる。商会のドラ息子だ。おつむと口が軽い男なので、政治的思考はまるでない。どう考えてもジャンナ嬢が可愛くてフラフラ声をかけたんだろう。ちょっと心配で夕飯にお邪魔したけど、ジャンナ嬢は普段通りだった。こういうところはたくましいと思う。

【二十日】

夜にわざわざ連隊長が家までやってきて助力を乞われた。何かと思ったら、またもジャンナ嬢が男に声をかけられていた。買い物の度に二連続だ。治安が悪い町でもないし、微妙に偶然とは考えにくい。読み間違ったか。ということは、誰かが裏で糸を引いている可能性がある。食材を頼まれたのでうちの余剰分を拝借する。すまん兄さん、明日の朝、ちゃんと僕が仕入れに行くから。

連隊長宅でコンテ家の兄弟も交えて、護衛と犯人のあぶり出しの打ち合わせをする。家の中に引きこもっていて解決する話とは少し違う。連隊長本人ではなくジャンナ嬢に照準を合わせてくるあたり、強硬に攻めようとはしていない。その隙をこちらから突いて情報を仕入れたい。敵の正体が分かれば、またやりようも出てくるだろう。

でも連隊長、セヴェーロ＝コンテを僕にけしかけるのはやめてください。ここで僕が彼に負けたらこの中で僕が最弱みたいじゃないですか。いやですよ、やりませんからね！

【二十三日】

ルーベン＝コンテが護衛した時の情報を聞く。やっぱりまた絡まれていた。あー、前に小隊長と女取り合っていたあの男ですね。小隊長、負けましたね。知ってます。

【二十四日】

セヴェーロ＝コンテの護衛情報を得る。腕っぷし的に一番心配していたけど、無事護衛出来たようだ。良かった。特徴を聞く限り何となく予想の範囲内の男が浮上した。しかし、女癖（おんなぐせ）の悪そうな男ばかり。どっかで聞いたことがあるよな、このメンツ。どうにも思い出せず、酒飲みが多く集まる「舞花亭」の店主に情報を聞きに行ったら一発だった。「美男子倶楽部（くらぶ）」‼

まだあったのかそれ、というくらい、ただ飲んで自慢話をしているだけの集まりだ。初代のメンバーはまだ、馬術や社交などをたしなんで華々しかったと聞いているが、もはやすっかりすたれていたかと思っていた。

知っている限りのメンバーを聞き出していたら、嫌な男の名前が出てきた。副連隊長補佐官にして、領主様の甥だ。まさかと思ったら、そいつがその倶楽部の元締めだった。僕の想像通りなら、この馬鹿馬鹿しい作戦の理由も頷ける。馬鹿馬鹿しい作戦というより……馬鹿のやらかした作戦と言った方がいいな。

【二十六日】

連隊長が、イレネオ＝コンテが護衛をした話を途中までした時点で確信を得た。やっぱり美男子倶楽部のメンバーだったからだ。連隊長にその話をしたら、一瞬間が空いた。そうですよね、連隊長と正反対の人たちですからね、その反応は正常です。さあ、敵の姿が見えました。あとは、日の当たるところに引きずり出して語り合いましょう。

昨日の時点で、休みをちょっと調整してます。副連隊長補佐官の休みの日にきっちりぶつけています。出て来てくれることを心から祈ってます。あのタイプなら、おそらく飴と鞭で何とか懐柔出来るかと！

僕は本気ですよ。ジャンナ嬢の安全がかかってるんですから、本気で奴を二重スパイにでも何にでも突き落します。とにかく、本人を引きずり出すより他ない。これればかりは、祈るだけだ。

【二十七日】

連隊長とジャンナ嬢の護衛をする日。今日を逃せば、次にいつあの男を引きずり出せるか分からない。祈るような気持ちで出かける。

あ、ジャンナ嬢、今日も綺麗だね。市場でジャンナ嬢に似合いそうな珍しい髪飾りを見つけるけど縁がなかった。さっそくジャンナ嬢という餌に食いついた男がいたせいだ。あの後ろ姿は、間違いなく領主の甥こと副連隊長補佐官だ、間違いない。やった！　これで話が一気に詰められる。開店前のうちの店に連れ込んで、連隊長の睨みと僕の甘言のセットで追い詰める。さすが連隊長。番犬の仕事は完璧です！　予想以上に陥落が早くて助かりました。

これで都からの情報の一部を手に入れられるし、都へ送る連隊長の噂もある程度制御出来るだろう。いい仕事をした。

ただ、後でもう一回髪飾りの店を覗いたけど、もう店を引き払って帰っていた。ついてない。

【二十八日】

無事、ジャンナ嬢を取り巻く不審者の一件は解決した。これで枕を高くして寝られる。

連隊長から今回の件のねぎらいとして会食を提案されるが、夫人の負担を減らすためにどこか適当な店はないかと聞かれた。

ルーベン＝コンテが来ることを考えると、あー、うん、うちはダメ。適当な大きさの個室のある東狼亭を薦める。料理屋に個室があることを、連隊長が知らなかった。いままで個人的な集まりに誘われてなかったことがよく分かる話だ。こんな性質の人だから、まあしょうがないんだろうな。

でも何でまたミルコ＝ギッティがメンバーに入るんだ。ああ、イレネオの護衛の時にまたミルコも助けに入ってたのか。連隊長の話を途中で、美男子倶楽部の話をしたから最後まで聞いてなかった。

何かよく絡んでくるよな、あの新兵くん。いやな予感がする。こういう予感って、大体外れないんだよな。

【三十日】

会食の日。夕方に連隊長宅を訪ねる。もちろん、ジャンナ嬢をエスコートするためだ。連隊長は身重の奥方にかかりきりになるだろうから、ジャンナ嬢のことは任せていただいて大丈夫です。今回も頑張ったんですから、少しくらいご褒美下さい。僕もたまには潤いが欲しいんです。

ああ、何となく分かってました。フタを開けてみれば、セヴェーロもイレネオも、そしてミルコも連隊長宅に集合していて、もはやジャンナ嬢のエスコートどころじゃなくなってた。セヴェーロがジャンナ嬢に腕を貸している後ろ姿は、まるで兄妹みたいだから妬くほどじゃないけどさ、ないけどさ。面白くはないよ。いちいちミルコが、ジャンナ嬢を気にするような素振りをするのも、やっぱり面白くはない。

会食の席はベストな位置を確保したけど、食事が始まったらあんまり意味がなかったな。ルーベンが酒瓶持って襲い掛かってきたから。セヴェーロを盾に逃げたけど、結局追いかけられた。おかげで全然ジャンナ嬢と語らうことが出来なかった。だからあの人と飲むのは嫌なんだよ！

気にしていたミルコは、早々につぶれてイレネオに送られて行った。お嬢様？　お嬢様って何だ。もしかして、前にいた地域で何かあったんだろうか。情報を得られそうなツテは、ありはするけど遠いな……気になる。

とりあえずミルコのことは置いておくとしても、これで一件落着には間違いない。ジャンナ嬢が無事で本当に良かった。

春：下月

【三日】

久しぶりに連隊長と食堂で昼食をとる。秋に生まれるという子供の名前の話を出したら、予想通りと言うか何と言うか、まったく考えていなかった。大丈夫かなあ、この人。まあ、何とかなるもんだろうけど。

食堂ですごい音がした。ちらっと赤毛が見えたので、フィオレ嬢だろう。紹介した食堂の仕事にもぐり込んでいるのは知っていたけど相変わらずだ。ここの食器は黄銅製だからへこむだけで済むのは救いだ。仕事場の方々には同情します。この仕事を僕が紹介したことがバレないことを祈ろう。

【四日】

基地内で剣が一本紛失した。いい加減な男も多いから、そんな事件も起きるだろう。犯人は後できっちり絞られるべきだが。ただ問題は、それになぜフィオレ嬢が絡んでくるか、だ。

何で振る練習しちゃってるの‼　何で剣を隠しちゃったの‼　まさか、本気で軍人になりたいと考えているなんて……今年から女性が軍人になれるって知ってるし。誰だ、この子に変な知恵つけたの。

ほら、連隊長も呆然としている。連隊長は僕よりも頭の中身は古風だからな、そうなるよな。でも、たとえ女性が軍人になれると言っても、読み書きに問題のあるような人間は、さすがに入れないよ。なれないからあきらめた方が……うん分かってた。あきらめるような人間じゃないよな、フィオレ嬢は。

【五日】

連隊長がフィオレ嬢を呼び出した。彼女に、軍人になるのをあきらめさせようとしているのかと思った。連隊長、それは逆効果ですよ。この子は、本当に無駄にやる気だけはあるんですから。ほらもう、あの連隊長に向かってまっすぐ見返す度胸だけは褒めるけど、そんな度胸は別の部分で使ってくれ。

【六日】

フィオレ嬢を連れて、連隊長と一緒に帰る日が来るとは。物凄い組み合わせで、ほかの兵士たちにめちゃくちゃ見られてますけど、連隊長は気にしませんよね、はい知ってます。女性と二人で歩くのは良くないだろうと、僕を巻き込んだのは正解です。

アロ夫人にフィオレ嬢を紹介したら、案の定突撃しようとして連隊長に襟首を引っ掴まれている。正しい判断です。しかし、本当に夫人にフィオレ嬢を任せて大丈夫か心配ですよ。いやその心配より、いまはジャンナ嬢の僕への疑いの眼差し（まなざ）しの方が心配な気がする。

若い女性を連れてくれば、それは妙な目で見られるよね。でもまあ、これからジャンナ嬢もフィオレ嬢と付き合えば分かると思う。そんな心配をするだけ無駄だって。

【八日】

昨日から、さっそくフィオレ嬢が勉強に来ているようだ。彼女の弟にも会ったらしく、連隊長が微妙な表情をしていた。逃げられませんでしたかと聞いたら、それに近い状態だったようだ。コジモの性格でこんな怖い顔の男と遭遇したら、まあそうなるよな。

終業後に、セヴェーロ＝コンテが呼ばれていた。本を自宅から持って行く話をしている。なるほど、教材か。確かに連隊長の家にありそうな本は、フィオレ嬢の子守歌にもならないようなものばかりだろう。

【九日】

昨日フィオレ嬢が来たらしいので、今日はいないだろうと思って連隊長宅を訪ねたら……いた。まさか二日連続で来るとは。やる気に満ちているようで何よりだね。僕としては失敗の日となった。どうもフィオレ嬢は苦手だ。

【十日】

苦手なフィオレ嬢ではあるが、一度話をしておく。いつ連隊長の家に行くかということを聞いただけだ。夕食の準備なんかがあるだろうから、ジャンナ嬢にちゃんと前もって伝えておくようにとも言った。

本人はけらけら笑いながら、これからは一日置きくらいに行きますと言った。一日置きだな、よし分かった。僕はその隙間を選んでから行くことにする。

【十四日】

連隊長宅を訪ねる。フィオレ嬢はいなかった。よし。けれど、食卓の話題にフィオレ嬢がよく上る。良くも悪くも目立つからしょうがないが、ジャンナ嬢が妙に彼女を気にしている気がする。そうか、同じ年か。同じ年……人間、環境が違うとこんなに違った女性に成長するんだな。いや、生まれつきの性格も大きく影響してると思う。

フィオレ嬢と共にセヴェーロ＝コンテが出入りするようになったらしい。もしや、ジャンナ嬢かフィオレ嬢が目的か？　でも、話に聞くとフィオレ嬢の弟のコジモの面倒を見ているみたいだ。将を射んとするならまず馬から、という言葉もあるから、狙っているとしたらフィオレ嬢か……いやない。多分ない。

【十九日】

ルーベン＝コンテと曲がり角で遭遇。くっ、遠くから見えていたら避けられたものを。愛想笑いで挨拶して通り過ぎようとしたら、とっ捕まった。

新しく舞花亭に雇われた女性について聞かれる。またどうせふられるだろうから、子持ちの未亡人と正直に情報を提供する。まあ、あきらめる気配はなかった。女に対して分け隔てがないという意味で言えば、この男が一番懐は深いと思う。褒めてはいない。

【二十日】

今日もうまくフィオレ嬢を避けられた、よしよし。相変わらずセヴェーロ＝コンテは出入りをしているらしい。ジャンナ嬢の話しぶりから、何か間違いが起きているようなことはないだろう。インク瓶が空を飛ぶという信じられない間違いは起きているようだが。フィオレ嬢は、相変わらずの様子。

アロ夫人の妊娠経過は順調のようだ。連隊長が夫人に気を配っているのがよく分かる。顔はいつも通り、愛想のかけらもないけど。

【二十五日】

都のあの男から手紙が来る。気になる部分は、夏の会計監査に諜報部の人間がくっついて来るということ。理由までは分からないが、どうせロクなことじゃない、気をつけろと、女言葉で別の表現を交えてうまく隠しながら書いてあった。会計監査だけでも面倒なのに、諜報部まで首を突っ込んでくるということは、平和的に終わらないということだろう。面倒だな。

【二十八日】

領主の甥をこっそり基地の端に呼び出して情報を得ようと思ったけど、さすがボンクラ、ロクな情報を持っていない。結局、ほかの副連隊長補佐官の先輩方にさりげなく聞き込みをする。去年より少し人員が多いという。やっぱり何か企(たくら)んでるんだよなあ。

【三十日】

ついに春が終わる。監査と戦う夏になる。明日の夏朔の休みが明けたら、連隊長と監査官対策を本格的に練(ね)ろう。あ、蝉が一匹鳴いている……そうか、今年は蝉の年だったっけ。珍しい祭りもあるけど、今年の夏はそれどころじゃないだろうな。

あとがき

この度は文庫版『左遷も悪くない4』をお読みくださり、誠にありがとうございます。

一巻ごとに季節が巡り、四巻では春から夏へと変わりました。秋に結婚した二人が初めて過ごす季節という意味では、夏が最後になります。季節が移ろうごとに少しずつウリセスの周囲の人が多くなり、にぎやかな時間も増えてきました。この巻では、ますますそれが活気の満ちたものになっていきます。

これまでウリセスが接した女性は、主に妻のレーアと妹のジャンナだけでした。レーアの兄のルーベンのような特殊な例は除き、もともと気軽に見知らぬ女性と話が出来るという時代ではないため、これは別に珍しいことではありません。

そんなウリセスに、家族以外の女性との接点が出来るのが今巻の特徴です。ジャンナが突然変わる気まぐれな夏の天気だとすると、その新たな登場人物であるフィオレは雲ひとつない真夏のカンカン照りとでも言えるでしょう。レーアを含めた女性陣の醸し出す温度の違いは、私もとても楽しんで書いた部分です。

物語もまた、夏の明るい季節を意識して書きましたが、日差しが強ければ強いほど出来る影も濃くなるものです。若夫婦のもとには様々な困難が巻き起こります。そんなドタバタとした日常を乗り越えて、ウリセスは、どんな季節もどんな天気もいつも通り歩いて行きます。守る人が増えてもそれは変わらないでしょう。

ウリセスにとって、たった一人で妻や家族を守らなければならない季節は、もう過ぎました。それは、とても幸せなことだと思います。

季節はまた変わってゆきます。

またあなたと、次の巻の、次の季節でもお会い出来ればとても嬉しいです。

二〇一六年十二月　霧島まるは

超人気異世界ファンタジー THE NEW GATE
スマホアプリ絶賛配信中！

アルファライト文庫

本書は、2015年5月当社より単行本として
刊行されたものを文庫化したものです。

左遷(させん)も悪(わる)くない 4

霧島まるは（きりしままるは）

2017年 1月 27日初版発行

文庫編集－中野大樹／篠木歩／太田鉄平
編集長－塙綾子
発行者－梶本雄介
発行所－株式会社アルファポリス
〒150-6005東京都渋谷区恵比寿4-20-3恵比寿ガーデンプレイスタワー5F
TEL 03-6277-1601（営業） 03-6277-1602（編集）
URL http://www.alphapolis.co.jp/
発売元－株式会社星雲社
〒112-0005東京都文京区水道1-3-30
TEL 03-3868-3275
装丁・本文イラストートリ
装丁デザインーansyyqdesign
印刷－株式会社廣済堂

価格はカバーに表示されてあります。
落丁乱丁の場合はアルファポリスまでご連絡ください。
送料は小社負担でお取り替えします。

ISBN978-4-434-22790-5 C0193